さよなら、エンペラー

暖あやこ

Goodbye, Emperor

Dan Ayako

新潮社

さよなら、エンペラー

装画　木原未沙紀
装幀　新潮社装幀室

第一章

カラスは辞書を持たない。たとえ道端に落ちている辞書を見つけて、「へ」のページをくちばしで捲《めく》ろうと、「変化」などという言葉を知ることはない。だが何かが変わっていくことには敏感だ。おそらく、人間よりもずっと。

なぜ変わったのだろう、とはたぶん思わない。変化の理由などどうでもよいのだ。そんなものが分かっても、腹の足しにはならない。

そう、すべては腹を満たすためにある。頭にぎっしりと詰まった脳みそも、力強く羽ばたく翼も、黒光りするくちばしも。

食べるのは生きるためだ。生きてどうするか。種《しゅ》を引き継ぐのだ。そうしなくてはならないと、本能で分かっている。だからいつもと何かが違うと感じ取ったカラスは、自らに問いかける。

さあ、どうする？

翼を持たず、二本足で地を這う、上空からは黒い点のようにしか見えない生き物たちは、この界隈ではずいぶんと減った。太陽が沈む頃から光り出す地上の星も減った。匂いは元々よく分からない。太陽がどの位置にあろうがともかく、とても静かになった。響くのは自分たちの鳴き声ばかりだ。ねぐらや巣作りに良さそうなこんもりとした木が増えた。これは悪くない。ただ野良犬や野良猫も増えてしまった。それらよりずっと速く走る四角い物体はあまり見かけなくなった。仲間をひき殺す恐ろしいものだから、これも喜ばしい。それと同じくらい速く走っていた銀色の蛇のようなものは、たまにしか見かけず、しかものろくなった。でも相変わらず同じところばかり走る。つまらなそうに――。

そうカラスが思っているかどうかは分からないけれど、その、のろくなった銀色の蛇の中に、青年はいる。

山手線の車内は惨憺たるものだった。座席のシートは汚れ、ところどころに穴すら開き、衣服の汚れを気にしない者しか腰を下ろせない。閑散とした車両のドア付近に立つ青年は、乗るたびにみすぼらしくなる車内の光景から目を逸らそうと窓に視線を向けた。だが逸らしたところで、気がまぎれることはない。外れかけた看板や、ひと気のない高層ビルや、シャッターの閉じた店舗が次から次へと視界をよぎるばかりだ。東京で唯一営業を続けていたデパートも、先週ついに閉店してしまった。無理もない話だ。デパートで頻繁に買い物をするような富裕層は、真っ先に東京を離れたのだから。かつて多くの者が憧れた人気のエリアほど、あっけなく廃《すた》れることとなった。人々が頑固に居座り続けるのは、素朴さが残る地域ばかりである。

そのひとつである巣鴨に暮らす青年は、ちょうど山手線を一周したところだった。特別、電車好きというわけではない。ここでの暮らしに慣れるために始めた習慣が、三か月経っても続いているというだけの話だ。

乗客は年配の者が多かった。街中同様、子供はほとんど見かけない。この電車内に、十代は自分だけかもしれないと青年は思った。もっとも、幼い頃から老け顔で、しかも眼鏡をかけるようになった今は、十七歳という実年齢の一回り近く上に見えるのではないか。

それにしても蒸し暑い。梅雨入りして二週間でこれでは、先が思いやられる。温暖化のせいで年々桜の開花は早まり、紅葉は遅れている。青年は額に噴き出た汗をハンカチで拭った。車両が冷房で寒いくらいだったのは昔の話で、今年は送風さえされなくなった。こう蒸してはレンズも曇りそうだと、人差し指でブリッジを押し上げた青年は、網棚の上の新聞に目を留めた。周囲に乗客はいない。誰かが置いていったのだろう。

東京新報――東京で発行されている地方紙だ。かつての首都としての意地とプライドがそこかしこに滲む紙面に、視線を走らせる。ひとつ、妙な広告が載っていた。社会面の左下、一見、訃報のようにも見える枠の中に、たった三行こう書かれていた。

朕《ちん》、田中正は、国民の総意を受け、ついに東京帝国の皇帝になることを決意した。
本日六月二十二日正午、その宣言を行う。
東京帝国の諸君は、旧国会議事堂前に集合されたし。

あいつの言ったとおりだ、と青年は眉をひそめた。世の中が世紀末めくと、必ず妙な奴が現れる。不安を煽《あお》るだけ煽り、あなたは私にすがるしか道はないのですと手を差し出す。いつの時代も人は神を求めるものだからねとあいつは少し困ったように笑ったのだった。この田中正という男も、東京の人々のそういった心理に付け込む気だろう。関わらないのが一番だと別の記事に視線を移すのだが、心はまだ例の広告に摑まれている。王でも、首相でも、教祖でもなく、よりによって皇帝だなんて。つまりはエンペラーだ。それが旧国会議事堂前で就任宣言？　たいした嫌味だ。

乱暴に新聞を畳み、網棚に放る。うまく乗らずに、半分垂れ下がった。次は東京、と車内アナウンスが響く。腕時計を見ると、十一時二十分を指していた。降りて歩けば、ちょうど正午ごろに旧国会議事堂前に着く。まるで試されている気分だ。何に？　運命にか？　バカバカしい。

油が切れたような音を立てながら、車両がホームに停まる。ドアが開き、外から流れ込んだ湿気と埃っぽい車内の空気が青年の周囲で混ざり合った。降りる者も乗る者もいない。何が国民の総意だ、と青年は笑った。だがその笑みはすぐに消えた。もしかしたら、人はもうとっくに集まっているのかもしれない。今か今かと、皇帝の登場を待ち構えているのではないだろうか。さあようやく、求めてやまないエンペラーが現れてくれた、と。

曇天のホームに、足が勝手に降りていた。

どうせ今日はアルバイトが休みで、することもない。暇つぶしと思えばよいのだ。青年は頭の中でそう繰り返した。自分への言い聞かせが不得意なことを充分わかっていながら。

与えられた役割。示すべき態度。課された運命。そういったものをぐるんと飲み込み、割り切ってその場をやり過ごすことに長けていたら、人生はもっと簡単だった。それができないからこそ、自分は今、ここにいる。この朽ちつつある東京に。

こんな未来を、誰が予想したろう。猛烈に発展を遂げる海外の都市に追い抜かれることはあっても、国内においては東京が突出した存在で、一極集中はもはや永遠に解消できない課題に思われた。すべてを変えたのは、ひとつの予測だった。

南海トラフ地震よりも、首都直下地震が起こる確率の方がはるかに高い。そして中でも東京の被害は、周辺地域に比べ著しく甚大である。

その予測が発表されたのは、四年ほど前だった。たちまちのうちに東京はカラになった——というわけでは、もちろんない。真に受けたのは、ネガティブなニュースに過敏な、ごく一部の者たちだけだった。そのまま収束するかに思えたこの予測がにわかに注目されることになったのは、アメリカが反応したからだ。

非常に憂慮すべき予測結果であるとアメリカが判断したのは、ピンチとヒーローを好む国民性からではなく、その予測をはじき出したものに対する信頼と敬意ゆえだった。日本が開発にこぎつけた世界最速のスーパーコンピューター「穣《じょう》」。それを用いた人工知能こそが、その予測者だった。

もっとも、どれだけ優秀なスパコンがあろうと、充分なデータがなければ予測はできない。日本の地震学者が、予知に白旗を上げる代わりに、まるで罪滅ぼしのように全国各地に設置した計測器が常時地表や断層などのデータを送り続けているからこそ算出が可能となる。

アメリカが警鐘を鳴らしてもなお、日本政府の動きが鈍かったのは、東京の終わりは日本の終わりだという意識が強かったからだろう。顔を背ければ、気づかなければ、問題は存在しないのと同じだと言わんばかりであったが、日本国債と日本円が売られ始め、ＴＯＰＩＸなどの株価指数も軒並み下落し、政府もいよいよ重い腰を上げざるを得なくなった。

時を同じくして、ネット上に出回り始めた説がある。明治維新の際、首都は東京に移っていなかった、というものだ。

一八六八（明治元）年七月十七日、江戸を東京と称する詔書（天皇が発する公文書）が発表された。同年九月には、明治天皇が東京へ行幸している。十二月にいったん当時の都である京都に戻られたが、翌六九年三月に再び東幸。到着の二十八日が事実上、東京遷都の日と解釈されてきた。しかし明治天皇はこの時、「ちょっと行ってくる」という趣旨のお言葉を残して京都を発ったという説がある。ということは、またすぐ京都に戻るつもりだったのであり、東京に都を移すという詔勅がなかったことも考え合わせると、都はずっと京都のままで、東京が首都だったことなど日本の歴史上一日たりともなかった、というのだ。

面白半分に人々が流布したその説を、著名な歴史学者が支持した。老い先短い学者が最後に一花咲かせようと打ち上げた、派手さだけが取り柄の花火と思われたが、それに地方都市のトップたちが飛びついた。特に首都の地位を虎視《こし》眈々《たんたん》と狙い続けてきた大阪と、かつての栄光よ再びと願う京都はことのほか熱心で、説の支持者を次々とメディアに送り込み、東京への嫉妬心を抱えた人々を取り込んでいった。あながち笑い話ではないという空気が生まれ始めた頃、ある決定的な出来事が起こった。日向灘《ひゅうがなだ》を最大震度六強の地震が襲ったのだ。

津波は一メートルに満たず、揺れに驚いたらしい心臓発作による死者が一名、負傷者は数百名ほどで、地震の規模からすれば被害は少なかったと言えるが、人々が受けた衝撃はすさまじかった。なぜならスーパーコンピューター「穣」によるAIは、この地震の規模と日付、さらには時刻まで正確に予測していたからだ。

東京は、地震で壊滅する——。

日向灘地震の直後から、日本は一気に売られた。中小から大手企業に至るまで、株価はストップ安を連発。外資企業はあっさりと日本を捨て、あるいは関西に支社を移し、日本企業も本社を東京から移転させた。会社に関しては、職場の移動が人の移動を引き起こした格好だが、学校は逆で、まず子供と親が早々に東京を離れ、統廃合で少なくなった地方の学校に流れ込み、私立校が子供を求めて地方に移転を始めた。東京の坪単価は見る間に下落し、それと反比例するように地方の地価は急上昇したので、ローンを抱えたまま東京から動くに動けず途方に暮れる者も少なくなかった。

続いて起こった、北海道での最大震度七の地震もAIは的中させ、いよいよ東京直下地震——いつの間にか、呼び名から「首都」の名は消えていた——は予測ではなく確定した未来と受け止められた。事前に予測できれば恐れることはない、冷静な行動をと政府は必死に呼びかけた。事実、北海道地震の際も、あらかじめ会社や学校は休みになり、避難所で身を寄せ合うことで死者を一人も出さずに切り抜けられた。だがそれから間もなく発表された、AIによるより詳細な予測は、そんな政府の努力をあざ笑うかのような内容だった。

東京直下地震の発生は四年後。地震の規模を示すマグニチュードは10・0。

つまり、人類がいまだ経験したことのない超巨大地震が東京を襲うというものだった。

発表直後、メディアには無神経なランキングが溢れた。第一位、一九六〇年のチリ地震、マグニチュード9・5。第二位、一九六四年のアラスカ地震、マグニチュード9・2。第三位、二〇〇四年スマトラ島沖地震、マグニチュード9・0。AI地震予測が当たれば、四年後の東京直下地震はこれらを追い抜き一位に躍り出ます――。

極度の不安とストレスに晒された東京の人々は、この時期、ほとんど思考停止に陥っていたと言える。危険な状態だった。デマひとつで、取り返しのつかない騒ぎが起きてもおかしくなかったと、心理学者や社会学者はのちに声を揃えた。結果的に暴動ひとつ起こらず、極めて静かに、スムーズに、東京からの避難が進んだのは、ある一人の人間が発した短いメッセージのおかげだった。

それは、お住まいを赤坂御用地から京都に移されることが宮内庁から発表された直後に国民に向け放送された、天皇の「お言葉」である。

京都に引っ越します、職員たちの負担に鑑み、二年程度をかけて徐々に準備を行います、このような引っ越しは経験がなく、戸惑うことも多かろうと思いますが、すべては次に生かせるので、学ぶ気持ちを大切にし、事に当たるつもりです――要点を挙げるとすれば、その程度のものだ。海外の人にとっては、読んだ端から忘れるような内容だったかもしれない。だが日本の、特に東京の人々は、「冷静に」と呼びかけるわけでもない、淡々と発せられたこのお言葉によって、落ち着きを取り戻した。焦ることはない。年単位の時間をかけて避難すればいいのだ、と。

唯一物議をかもしたのは、実際に用いられた「次に生かせる」という表現の解釈だった。この「次」とは、再び皇居に戻る可能性を示しているのか、それとも代替わりなどにおける住まいの変更を想定してのことなのか。それはすなわち、今回のことが遷都に当たるのか、それともそもそも首都は京都のままだったのかという議論にも直結した。明治天皇の、東京への行幸前のお言葉同様、解釈をめぐり専門家たちは主張を戦わせたが、それはもっぱら東京の外での話だった。目の前に対処すべき問題が山積した人々には、定義などどうでもよかったのだ。

こうして、東京からの避難が始まった。そのあまりに整然としたさまは、取材に来た海外の記者たちを驚かせ、あるいは気味悪がらせた。戦後、「現人神《あらひとがみ》」から「日本国の象徴であり日本国民統合の象徴」に変わってもなお、国民の天皇崇拝は変わらない。終戦の玉音放送が国民にあっさりと武器を捨てさせたように、今回のお言葉は、それまであらゆる権力と富が集中した土地を捨てさせ、東京はもはやもぬけの殻となったと各国で報じられた。

それは多少、誇張した表現だった。日本政府がどれほど他県への移動を推奨しても、居座り続ける者たちがいた。中には、滅びゆく東京を見ようと、わざわざ転入してくる者も、ごくわずかだが存在した。そういう者たちによって、東京はかろうじて生き続けている。

そんな東京を、田中正なる男は荒しに来たのか。食い物にしに来たのか。はたまた救いに来たのか？

青年が歩く大通りの先には、構想から半世紀ほどかかって完成したと言われるピラミッド型の旧国会議事堂が見えている。大量の花崗岩と大理石を用い、当時の最高技術を結集し、名建築の名をほしいままにしたその建物も、今や政治とは縁遠くなり、いずれの門も閉じられたままだ。人の出入りがなくなった建物は、少しずつ死んでいく。その死につつある建物が、今の東京にはあまりに多かった。

それにしてもなぜ旧議事堂なのだろう。エンペラーを名乗るなら、就任宣言の舞台として皇居を選びそうなものだ。

考えるだけ無駄か、と青年は首を振る。天皇は一切政治に口出しできない。選挙権も被選挙権も持たない。そんな事実も知らぬ者が、目立つことのみを目的に、似非《えせ》エンペラーを名乗ろうとしているのだろう。

旧議事堂前に集まっていたのは、たかだか十五人ほどだった。十五人。青年は安堵した。とはいえ今の東京で、これほどの人数を一度に目にすることは珍しい。広告が載った東京新報を手にしている者もいる。その顔に真剣味はなく、誰もが暇つぶしといった風情で、漂う空気には野次馬的な熱気さえも感じられない。気温は高いけれど、人は冷めきっている。そんなちぐはぐな空気が、今の東京を支配している。避難が始まった当初こそ、俺たちは東京を捨てるものかと、熱を帯びた抵抗がそこかしこで見受けられたというが、首都機能の京都への移転と、日本の「中央」を関西に変更する業務に追われる政府にその相手をする暇はなく、敵を作りきれない抗議活動は次第に下火となった。

後はもう無残なものである。これを新たな時代の幕開けだと海外に印象づけたい政府と、棚から牡丹餅《ぼたもち》的に「中央」の地位を手にすることになった関西の府県。それらにより生み出された異様な盛り上がりの陰に隠れる形で、東京は忘れ去られていった。近年、監視機能としての役割を捨て、政府追従という安易な道を好むようになったマスコミは、過疎化が進んだ地方に起死回生のチャンスが訪れたと報じた。賑わいを取り戻したシャッター街や、生徒で溢れる田舎の小学校の映像が連日画面に映し出された。それを伝えるアナウンサーは晴れ晴れとした顔だ。「東京に台風が接近します」「東京で何センチの積雪を観測しました」「東京駅の混雑は――」などと、東京を特別扱いした報道に終始した日々など存在しなかったかのように。お得意の手のひら返しだ。だからこそ人前に立つ人間は注意しなければならない。好意的だった視線が、次の瞬間には憎悪に満ちたものになるかもしれないのだから。

この田中正という男は、そういう覚悟ができているのだろうかと、おせっかいな心配をした時だった。ざわめきに靴音が混じった気がして、青年は左手の方へと顔を向けた。空に向かって立つ一本の黒い羽根飾りが、まず目に入った。優雅に揺れながら近づいてくるそれは、山高帽から伸びていた。手品師が鳩でも出しそうな、黒く立派なものだ。実際、その種の人物なのかもしれない。これから披露されるのは手品か、大道芸か、はたまたお笑いか。いずれにせよ売れっ子ではないだろうと青年が思ったのは、山高帽の下に見えた顔がひどく貧相だったからだ。

目を引くのは黒々とした豊かな眉と口ひげ、そしてやけに高い鼻で、目や口は添え物のように小さい。頬が赤いせいで田舎の少年めいた感じもあるけれど、皺も見て取れ、年齢不詳だ。西洋の軍服を思わせる黒い上着は肩章《けんしょう》まであり、ずらりと並んだ金ボタンは暑苦しいほどきっちり上まで留められている。やはり金色に光るベルトのバックルは痩せた体形を強調し、手には黒い杖が握られていた。歩行に問題があるようには見えないけれど、杖はつき慣れている感じだ。もう片方の手にはなぜか黄色いビールケースが下がっている。「滑稽」と「哀れ」はかなり近いものなのだと、男を見つめながら青年は思った。気づけばそこかしこで笑いが漏れている。嘲りを含んだ、あまり気持ちの良くない笑いだ。

だがそれを意に介するそぶりもなく、男は歩を進めた。正門前まで来ると、ビールケースを地面に置いた。杖の先で押し、神経質に位置を修正している。やがて納得したように頷くと、ケースに乗ってこちらを向いた。そして十数名の人々を、首を回してゆっくりと眺めた。

「諸君」と男は言った。声は高くも低くもなく、想像通り美声ではなかった。

「今日までの苦難を、よく耐えた。朕は心から誇りに思う。皆の声は、たしかに朕に届いた。そして朕を動かした。だからこそ朕は今ここに立っている」

男は杖でビールケースを二度突いた。

「民の苦しみは、朕の苦しみなり。民の悲しみは、朕の悲しみなり。そして民の喜びは、等しく、朕の喜びである」

そりゃ心強いぜ、と誰かが野次を飛ばした。つられて人々が笑う。すると男は満足げに頷いた。さっそく民の喜びを生み出せたとでもいうように。

「その調子だ」と男は野次を飛ばした者に杖の先端を向けた。「彼のように、遠慮なく、思うところを朕に申せばよい」

「ギロチンにかけられそうでおっかねえや」

「民の罪は、朕の罪ってことになるんじゃねえの？　だったら首が飛ぶのは皇帝様だ」

パラパラと拍手が起き、青年は顔をしかめた。ネガティブなことで一体となる空気は、たとえ矛先が自分でなくとも嫌なものだ。人々はもう何年もストレスと不安をため込み、解消するすべを探している。男は自らその餌食になろうとしているようなものだ。ただの馬鹿なのだろうか？　それとも、馬鹿なふりをしているだけなのだろうか。人々がせせら笑っているうちに裏で巧妙な作戦が進行し、気づけば東京は取り返しのつかない事態に陥っているという筋書きの方が腑に落ちるのだが。首をひねる青年の視線の先で、男は「よろしい、非常によろしい」と満足げに口ひげを撫でている。

「活気はあるに越したことはない。元気なカラスは鳴くものである」

青年は、思わず隣に立つ老人と顔を見合わせた。カラス？

「私らが烏《う》合《ごう》の衆ってことか？」と、白髪を綺麗に撫でつけた老人は眉根を寄せた。まるでそれが聞こえたかのように、カラスが鳴いた。近くの並木に止まっているのか、ばさりと羽ばたく音も聞こえ、黒い影が旧議事堂の方へ飛んでいった。

「朕はこれから毎日、東京帝国の各地を視察する。陳情があれば遠慮なく申せ。朕が良きに計らう」

「皇帝だと名乗るイカレ野郎をどうにかしてほしいんですけど」と近くにいた丸刈り頭が皮肉たっぷりに言った。男は途端に顔をしかめ、ビールケースを杖の先で叩いた。ついに怒るかと、動物園で珍獣が鳴くのを期待するような空気が漂った。

「気をつけよ」

拍子抜けするほどその声に怒気は感じられず、むしろ気遣うような声色だ。男は丸刈り頭の方へ身を乗り出した。

「東京帝国の皇帝は朕ひとりである。もう真似をする者が現れたか。朕に憧れるあまりのことであろうな」

いやいやあんたのことですよ、という言葉すら出ずにいる丸刈り頭に、「しかしイカレ野郎はいただけん」と男は諭すように続けた。

「東京帝国の国民たるもの、もっと美しい東京語を使いなさい」

野次を飛ばす者はもういなかった。羽根飾りのついた帽子の傾きを直すと、男は集まった数少ない人々を改めて見渡し、つと高い鼻を上げた。杖を持った手を誇らしげに掲げる。

「今ここに、東京帝国の建国と、朕の初代皇帝就任を、宣言する」

拍手は起きなかった。誰も何も言わなかった。ただカラスだけが、カア、と気の抜けた声で鳴いた。

どうやらその場に、東京新報の記者もいたらしい。翌日の朝刊に、旧議事堂前での東京帝国建国と皇帝就任宣言の記事が載っていた。ただし社会面ではなく文化面で、エンターテインメントなどを紹介するコーナーである。多くの住民が去り、レジャー施設は軒並み閑古鳥が鳴いている。東京からの避難を促す意味もあるのだろう、新作映画や新刊本は入ってこず、娯楽に事欠く今、紙面を埋めるにはちょうど良かったのかもしれない。きっと続報があるだろうという青年の予想を、現実は上回った。東京新報に翌日から「皇帝動静」なるコーナーが設けられたのだ。

毎日、東京各地を視察するという宣言を、皇帝は律儀に守っているらしかった。亀戸、多摩、高円寺、お台場、蔵前、水道橋、赤羽……。どういう基準で視察先を決めているのか皆目見当がつかないけれど、ふいに現れては辺り一帯を歩き回り、この四年弱で様変わりした東京を眺め、何か困ったことはないかと、住人たちに尋ねているという。閑散とした渋谷駅の、唯一営業を続けている売店の店先で東京新報を広げながら、青年は苦笑した。軍服めいた服装の男にいきなり話しかけられ、朕が良きに計らうと言われた相手の困惑が目に浮かぶようだ。

かつては渋谷の、いや、東京の象徴的な場所のひとつであり、外国人観光客が自撮りをして喜んでいたスクランブル交差点を渡る。横断者の少ない交差点は寂しげだ。シャッターが下りたままのデパートを過ぎ、緩やかな坂を上った。今日は何軒だろうと歩を進めながら思う。新たに閉店に追い込まれた店はいくつあるだろう、と。珍しく一軒もなさそうだと胸をなでおろした直後、足が止まった。アルバイト先のコンビニの硝子《ガラス》戸に「閉店しました」と素っ気ない張り紙があった。

たった六時間だ。午前十時から午後四時まで。かつての四分の一の営業時間になったコンビニを頼る客は決して少なくなかった。仕入れは限られているから、陳列棚はすぐ空になる。それでも店に来て、「ここに来れば人と話せるから」と笑顔を見せる客もいたというのに——。

「何かお困りかな？」

振り返った青年は、思わず息を止めた。あの日は顔に撒かれた木の実のように見えた小さな目が、ひたと自分を見つめている。

「朕は東京帝国の皇帝である」

運命だ、と青年は思った。やはり僕は、この男と無関係ではいられないようだ。ならばとことん向き合ってみよう。青年はひとつ大きく息を吐いた。

「お願いがあります」

男が頷くと同時に、山高帽から伸びる黒い羽根飾りがゆらりと揺れた。

「申してみよ」

「僕を、雇ってくれませんか」

第二章

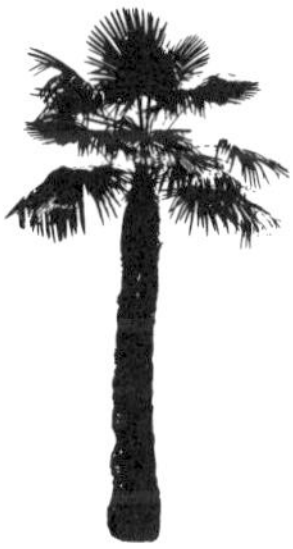

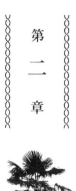

最初の仕事は、その日にさっそく言い渡された。「宮殿」を探すことだ。朕にふさわしいところ、という何とも抽象的な注文を頼りに、青年は東京中の不動産屋を回った。と言っても、不動産屋は下町を中心に四軒あるだけだ。借りたいという客がめっきり減った昨今だけに、どの不動産屋も大張り切りで物件情報を提供してくれた。できるだけ豪華な造りのものを選び、夜七時、歩き疲れた足で待ち合わせの日比谷公園に向かった。それこそ東京帝国の皇帝の定宿としてふさわしそうな帝国ホテルは、玄関が閉鎖されている。その前を通り過ぎ、横断歩道を渡り、公園入口の門柱の間を抜けた。

暮れかけた空の下、水が止められた噴水前のベンチに、宙に伸びる黒い羽根飾りを見つけた。一人ぽつんと座る皇帝の後ろ姿に、思わず足が止まる。かつて同じような後ろ姿を見たことがあった。人々の前での堂々とした振る舞いが嘘のように弱々しく、一瞬でも目を離せば消えてなくなりそうな背中。そこに漂うのは、闇に溶けてなくなることを望んでいるかのような壮絶な孤独感だ。このままだと、いつか僕も——。

「君は目を開けて寝るのか」

我に返った青年は、自分を覗き込む皇帝に気づき思わずのけぞった。

「うらやましい限りだ。朕は枕が変わると眠れん。デリケートなのだ」

そう言ってベンチへと戻る皇帝の後についていく。隣のベンチに座ると、青年はさっそくチラシを一枚、眼前に掲げた。

「不動産屋一押しの物件です」

だが皇帝はしばしそれを眺めると首を振った。

「屋根の形が威厳に欠ける」

「でしたらこちらは？　かなり宮殿らしい外観かと」

「壁が白すぎる。落ち着かん」

「こげ茶の外壁のものも一軒」

「それは間取りに品《ひん》がない」

面食らいつつ、青年はまた別の一枚を掲げる。

「品ならこれがベストだと思います。和風の造りなので、宮殿という感じではないですが」

「塀があるではないか」と皇帝は眉をひそめた。「塀はいかん。排他的だ」

「……だったらこれは、庭が取り澄ましていて気に食わない、とかですか」

ため息交じりに掲げたチラシを一瞥すると、「当たらずといえども遠からず」と皇帝は頷いた。

ならばと、青年は最後の一枚を皇帝の前に広げた。それは不動産屋が、ある意味では宮殿らしいですよと笑いながら出してきたものだ。皇帝は身を乗り出し、チラシの隅々まで視線を走らせると、ふむ、と呟いた。

「家にも顔がある。これは実にいい面構えだ。宮殿にふさわしい」

「空き物件は大量にあります。粘ればもっと良い面構えのものが――」

皇帝は焦ったように首を振った。

「朕は一日でも早く宮殿を定めたい。民もそれを望んでおろう」

チラシを膝の上でまとめながら、やはりそうか、と青年は思った。軍服は近くで見るとほころびが目立つし、金ボタンもバックルも安物で、杖は使い古しだ。本当は建物の品や威厳の問題ではない。要は、金がないのだ。だから一つだけ混ぜておいた格安物件に飛びついた。ならば最初から家賃の安いものと言ってくれれば済むものを、プライドだけはエベレスト級に高いらしい。

名前だけは豪華な「巣鴨ゴールデンパレス」は、三階建ての古いアパートだった。賃料は毎日五百円。審査がない代わりに、賃料を払えねばすぐに追い出される。不動産屋が激減し、需要も少ないため、最近東京で主流となりつつある方法だ。黄色い外壁にはツタが絡み、月明かりの下で見るそれは宮殿というよりさながら幽霊屋敷だ。明かりが灯っているのは、三階角部屋にある大家の部屋のみで、今回提供されたのは、一階正面玄関すぐ右の一室だった。青年の住むアパートからは徒歩十五分ほどだから、通うには楽である。今夜から入居できると言うと、皇帝は小躍りするほど喜んだ。この様子だと、昨日まで野宿だったのかもしれない。

ワンルームの部屋には、前の住人が残した家具が人待ち顔で佇んでいた。小さな箪笥と固いベッド。机も丸椅子もすべて木製だ。不動産屋によれば、前の住人は日向灘地震の直後、東京から慌てて逃げ出したらしい。ネズミやゴキブリが走り回っているのではと、玄関を開ける際は勇気が要ったが、栄養となるものが何もない空間は彼らにとっても魅力がなかったらしく、動くものは何も見当たらない。それでも皇帝は、自分は決して前には行かず、青年を楯にして部屋を進み、蛍光灯が明滅するパチパチという音にさえ小さく声を上げた。そしてビクつくたびに首や肩を回してみせ、不器用にごまかすのだ。

一通り室内をチェックし終え、「ご苦労であった」とねぎらいの言葉をもらい初日の奉公を終えた青年は、宮殿前の大通りに出た。車はめったに通らない。向かいには二年前に閉鎖されたというスポーツセンターの庭が見える。手入れがされなくなり、草は伸び放題、植木は茂り放題で、そのうち庭が建物を飲み込んでしまいそうだ。街灯がところどころ切れたままなので薄暗い。つい癖で、夜空に北極星を探そうとして思いとどまり、晴れて宮殿となった皇帝の部屋の窓へと視線を向けた。

無害な男に思えた。それどころか、無垢にさえ見える。警戒する必要はないのだろうか。すべては取り越し苦労か？
答えを出すにはまだ早い。焦るな、と言い聞かせた時だった。青年は辺りを見回した。視線を感じた気がしたが、日が落ちた東京は、もはや人影を探すにはどこも暗すぎた。

物件探しは日中と夜にそれぞれやった方がいいとあいつは言っていたけれど、たしかにそれくらい様相が変わるのだなと、青年は翌朝はせ参じた宮殿の窓から外を見て思った。悪くない景色だ。昨夜は不気味に思えたスポーツセンターの庭はさながら小ぶりな森といった感じで、吸い込む空気も、今の東京にしては美味しく感じられる。聞こえてくる鳥の鳴き声がカラスばかりというのが、さわやかさに欠けるのだが。
皇帝は早起きのようで、青年が訪ねた八時にはいつもの軍服姿だった。室内でも山高帽は脱がないらしい。毎朝買ってくるよう指示された東京新報を差し出す。駅まで遠回りし、手に入れたものだ。宮殿に来る前に確認したところ、「皇帝動静」は続いていた。それどころかスペースが増えている。反響があるということだろうか。しかもさっそく、巣鴨に宮殿を構えたことまで書いてあった。いくらなんでも、情報が速すぎやしないだろうか？　皇帝自身が教えているのではと、付き人をしながら様子を窺ったが、皇帝が東京新報と接触している気配はなく、それでも毎日掲載される詳報に、青年は首をひねった。

七月四日
【午前】十時〇三分、巣鴨の宮殿を出て散策。
【午後】一時十六分、神保町着。古書店街などを視察。「オオカミ少年」を読みふける。四時十二分、宮殿着。

七月五日

【午前】十時〇一分、巣鴨の宮殿を出て一時間ほど散策。朝の来客なし。

【午後】〇時四十二分、本郷三丁目駅着。大学跡地などを視察。三四郎池で亀の甲羅干しに見入られる。三時五十七分、宮殿着。

七月六日

【午前】十時〇五分、巣鴨の宮殿を出て散策。理容室で髭をお整えになる。十一時三十四分、宮殿着。朝の来客なし。

【午後】〇時二十二分、宮殿発。電車にて移動。車内で乗客と交流。一時三十七分、外苑前駅着。新国立競技場でホームレスと懇談。「サクマドロップス」を二粒ずつ下賜。銀杏並木や野球場周辺を視察したのち、表参道へ。シャッター街を視察。五時二十四分、宮殿着。八時三十六分現在、来客なし。

七月七日

【午前】十時〇〇分、小雨の中、巣鴨の宮殿を出て散策。商店街で住民と交流。七夕の短冊を熱心にご覧になり、すべての願いごとに「朕が良きに計らう」とお書きになる。十一時二十九分、宮殿着。

【午後】〇時〇八分、宮殿発。山手線から銀座線に乗り換え、〇時五十一分に銀座駅着。百貨店の取り壊し現場などを視察。二時十五分、老舗のパン屋にてアンパンをご試食。たいそうお気に入りのご様子。その後、ホテルや小学校跡地を視察。五時十四分、宮殿着。八時二十五分現在、来客なし。

七月八日
【午前】十時〇三分、巣鴨の宮殿を出て散策。閉店セール最終日のスーパーでキャベツ一玉を購入。その場で三枚召し上がり、「大変美味である。朕は芋虫になった気分だ」と仰せになる。十一時十四分、宮殿着。
【午後】〇時七分、宮殿発。山手線から総武線に乗り換え、一時二十分、新小岩駅着。荒川沿いを上流に向かって視察。釣り人と談笑され、自ら釣り糸を垂らされるが、釣果なし。五時〇九分、宮殿着。八時三十分現在、来客なし。

記述は次第に詳細になっていくが、行間から漂うのは敬意というより嘲笑に思える。そんなもののために、なぜわざわざ紙面を割くのだろう。
いや、だからこそなのかと青年は朝の散策をする皇帝の三歩後ろを歩きながら思い直した。東京の人々は卑屈になっている。自ら残ることを決めた者ばかりではあるが、首都機能が次々と他の都市に移され、人が減り、廃れていく様に自信を失っている。住民が卑屈になるほどに町は荒れ、荒れるほどに人が去る。東京の地元紙にとって死活問題だ。だから手を打った。人々の鬱屈を多少なりとも解消させられる人物をと考え、無害で、滑稽で、心おきなく馬鹿にできる存在を生み出すことにした。それが皇帝だったのではないか？　だから盛んに取り上げ、注目が集まるようにしているのだ。

だとすれば、この人は相当な役者ということになる。それとも本人はその意図を知らず、ただ利用されているだけなのか？

皇帝が立ち止まった。宮殿まであと少しのところにある、小学校の前だった。白い校舎へと体を向け、誰もいない人工芝の校庭を見つめている。柱に掲げられた時計は止まったままだ。サッカーゴールの網に引っかかった二個のボールは、遠目にも分かるほど凹んでいる。花壇のゼラニウムは干からびていた。

「ここに通っていたのか」

皇帝のふいの問いに青年はまごついたが、いいえ、と正直に答えた。

「地元ではないのか」と顔だけ向けて問う。

いま東京に残る者のほとんどは、生まれ故郷を、あるいは先祖代々引き継いだ土地を離れたくないという者たちだ。だから青年が首を振ったのを見て、ならばなぜ、という疑問は当然湧くだろう。だが皇帝はそれ以上尋ねることはしなかった。青年を見つめたまま、ふむ、と息を漏らし、それから一言、独り言のように言った。

「朕は気に入った」

小学校のことか、この地のことか、宮殿のことか。付き人である自分のことだとだけは、青年は思いつきもしなかった。

継続は力なりと言うが、何事も続ければ効果があるらしい。人々の皇帝への態度に変化が現れ始めたのは、七月半ば頃だった。ハエでも払うかのように冷ややかだった人々が、次第に恭《うやうや》しく頭を下げるようになった。その変わりようは、特に宮殿周辺で顕著だった。皇帝は今朝もまた散策に出掛け、商店街に足を向けたのだが、姿を一目見るなり何人かが駆け寄ってきた。そしてお納めくださいとばかりに、次々に自分の店の商品を差し出すのだ。皇帝も皇帝で、ためらいもなく受け取っては青年に渡した。おかげで青年の両腕はたちまち物でいっぱいになった。

「落とすでないぞ。民からのありがたい献上品である」

すまし顔の皇帝は、洋品店の前でつと立ち止まった。初老の店主に「変わりはないか」と話しかけると、店先に下がる靴下に目をやった。

「なかなか良い色である」

良い色も何も、ただの白である。

「肌触りも良い品でして、お客様に喜ばれております」

「民の喜びは朕の喜びである」と言いながら、皇帝は靴下を指先で撫で、満足げに頷いた。店主は胸に手を当てて、ああ、と感嘆の声を漏らした。

「お気に召していただけたなら、どうぞお持ちくださいい。皇帝にお履き頂ければ無上の喜びです。叶うことならわたくしめが靴下になり、皇帝のおみ足をお包みしたいくらいです」

青年は顔をしかめた。いったい何なんだろう、これは。

腑に落ちたのは、その晩のことだった。閉鎖中の両国国技館周辺を視察し、宮殿に戻ったのが午後四時。早めに仕事が終わったため、久しぶりにかつてアルバイトで通った渋谷に足を延ばした。しばしば立ち寄った喫茶店が閉店していた。いっそハワイにでも移住するか、と白髪のマスターは言っていたが、東京の地価が暴落し、そんな金は無かったろう。悪くした腰は大丈夫だろうか。立ち寄りたい店はことごとくシャッターが下りていて、むなしい気分で彷徨《さまよ》ったのち、ふらりと入店したのが漫画喫茶だった。一度入ってみたいと思っていたが、なんとなく気後れし、いつも素通りしていた。

店内が薄暗いのは元々なのか、それとも明るい電球が手に入りにくくなったせいか。読書の際は明るくしないと目が悪くなりますよ、と母にしつこく言われたものだ。その記憶を振り払うかのように、青年は漫画が並んだ棚に目をやった。どの背表紙もひどく傷んでいる。青年は脈絡なく手にとってはページを開いた。人物の鼻がただの点だったり、瞳の中に星があったり、三頭身だったりと、正確なデッサンからは程遠い描写に、青年は面食らった。むろん、絵画と漫画は別物だと分かってはいるのだが、自分が描いてきたものとはあまりにかけ離れている。読むのを禁止された理由は、そこにあったのかもしれない。

それにしても、と青年は店内を見渡した。娯楽品を扱う店は真っ先に潰れると言われていたけれど、なかなかどうして、それなりに客がいた。ずらりと並ぶ個室スペースも、半分近く使用中になっている。空室のひとつに青年は入った。

「パソコンを使いたい時は、漫画喫茶というところに行くといいらしい。逃亡犯も利用するくらいだから、身分を調べられることもなく使えるはずだよ」

逃亡犯という単語に思わず眉をひそめた僕を見て、あいつはいたずらっ子のように笑っていたっけ。母譲りの大きな目を一段と輝かせるあいつの笑顔には、誰もが魅了されたものだ。

そんなことを思いながら、青年はパソコンに検索画面を呼び出した。「皇帝　東京」と打ち込む。どうせ東京新報のネット版ぐらいしか引っかからないだろうと予想していた青年は、表示された画像の数々に目を丸くした。

団子を頬張る皇帝。ラケットで素振りを披露する皇帝。杖の先についたガムを取ろうと奮闘する皇帝……。

「ゴミ収集中の皇帝とカラス」というタイトルの、穴が開いたゴミ袋を拾い上げる皇帝と、そこから引っ張り出したらしいマヨネーズの容器を咥《くわ》えて傍に立つカラスの写真には、ＳＮＳで「いいね！」マークが一万件以上ついている。実のところ、この画像は今の東京をよく表した一枚と言えた。東京からの避難を促したい政府は行政サービスを滞らせ、ゴミ収集の頻度が減ったために、人口減少の割に路上のゴミは増えてしまった。それに喜んだのがカラスであり、今では道を歩けばカラスに当たるといった具合だ。住民も策を講じてはいるのだが、ゴミ袋を黄色くしても赤くしても効果はなく、数の上ではもはや人間とカラスの比は逆転してしまったと見える。

画像の中には、皇帝が店先で腰をかがめ靴下を履いているものもあった。そう言えば今日、洋品店の初老の店主は、冥途の土産にするからと写真に撮っていた。「朕も大のお気に入り！　百円ソックス」というコメントとともに、店の名が大々的に書いてある。

何が無上の喜びだ。何が自分が靴下になりおみ足をお包みしたいだ。慕ってもないのに群がり、愛想を振りまき、お世辞を並べ立てる。僕はこういうのが何より嫌いだ。

漫画喫茶を飛び出すと、青年は宮殿へ走った。夜七時になろうかという頃で、まだ日は落ちきっていない。闇の到来とともに不気味さを漂わせるスポーツセンターの庭木を窓から眺めながら、皇帝は今朝の献上品のひとつである焼き海苔を、缶を抱えたまま食べていた。貰ったものをあらかた食べつくして、まだ足りなかったのだろう。今朝掃除した床に、海苔の粉が舞いながら落ちていく。

「もう商店街には行かれない方がいいかと」

乱れた息のまま青年は言った。

「訳を申せ」

迷ったが、ごまかすのは嫌だった。

「傷つかれるかもしれませんけど」と前置きをする。その言葉に皇帝は明らかにひるみ、気の進まない顔をした。打たれ弱いのに皇帝になどなったのかと、青年は腹を立てた。今は何もかもが気に食わない。

「彼らは皇帝を慕ってなどいません。話題作りに利用しているだけです。この巣鴨に――いや、東京に注目を集めるため、この際打てる手は打とうと、そういう魂胆に違いないんだ」

皇帝はようやく海苔の缶の蓋を閉めた。

「別に良いではないか」と口ひげを手で払いながら言う。さらに海苔の粉が舞った。

「全部嘘なのですよ？　人々の笑顔も、歯の浮くようなお世辞も、みんな偽物だ」

吐き出してから、ハタと気づいた。眼前の男が、東京の人々をこれ以上卑屈にさせないために仕込まれた似非エンペラーだとすれば、それこそニセモノと言える。だが当人は「君の怒りはどうやら本物のようだね」と呑気な顔だ。

「あなたは頭に来ないのですか」

「朕は人間ができているからな」

軍服に包んだ薄い胸を張る皇帝を、青年は呆れ顔で見た。

「できた人間が、あんな風に物をせびるのですか」

「せびる？」

そんな言葉は朕の辞書に存在しない、とでも言いたげな皇帝の足元に、青年は視線を落とした。

「靴下に、穴が開いていましたよね」

だから洋品店で立ち止まり、靴下を手に取ったのだ。素知らぬ顔をしながら、皇帝は足元が机で隠れるようそろりと横に移動した。

「白はすぐ汚れますよ」

本当は、穴が開くほど履いたものと同じ黒が欲しかったろうに、奥の方にある黒い靴下に手を伸ばすほどの図太さはなかったと見える。まったく中途半端だ。

「そんなのでやっていけるのですか」

東京新報は人選を間違ったんじゃないだろうか。だが皇帝は、心配はいらぬ、とあっけらかんと笑った。

「そのために付き人の君がいるのだろう？」

すべて解決したとばかりに、皇帝は机に東京の地図を広げた。明日の視察場所を選ぶためだ。また何時間も歩き回るに違いない。それに出くわした人が駆け寄り、握手を求め、スマートフォンで撮影し、「光栄です」と歯の浮くような台詞《せりふ》を口にする。

青年は自信がなかった。目的があるとはいえ、偽物だらけの世界を、僕は果たしてやり過ごせるのだろうか？


それからも、視察は毎日行われた。朝八時、東京新報を手に宮殿に参上すると、皇帝からその日の視察先を言い渡される。そこまでの交通アクセスを調べるのは付き人である青年の仕事だ。スマートフォンもパソコンも持っていないため、地図や路線図、時刻表とにらめっこになる。電車もバスもたまにしか走らず、下手をすると乗り換えで一時間近く浪費してしまう。その間、皇帝はちょこまかと動き回り、「民」と交流し、挙句あっさりと視察先を変えたりする。「朕は柔軟なのだ」と誇るけれど、丹念にアクセス方法を調べる青年としてはたまらない。そんなことが続くので、どうせ今日もそうだろうといい加減に調べを済ませると、それを見抜いたかのように、皇帝は待ちぼうけの乗り換えホームで一歩も動かず、「時は金なり」などと呟くから始末が悪い。

雨でも視察は強行される。皇帝は傘を差さず、だから青年が差しかけようとするのだが、傘のない民もおろうと、皇帝はそれを嫌がる。今時、傘などみな持っていると反論すれば、皇帝は躍起になって傘を持たぬ者を探すに違いない。そんな具合なので、青年も傘を差せない。当然、濡れる。あまり身体が強いわけではない青年は風邪をひく。高熱は出ないが、ぐずつくタイプの風邪だ。そんなことが二度あり、また風邪をひくことになるかと憂鬱になりながら雨の中、宮殿に向かった朝のことだった。今日は視察をせぬ、と皇帝が言い出した。

「雷が鳴る」

そんな予報は、どこにも出ていなかった。きっと僕が風邪をひかないよう気遣ってくれたのだろうと青年は胸を打たれたが、分厚い雲に太陽が隠れて間もなく、本当にゴロゴロといい出した。そして盛大に雷鳴がとどろき、皇帝はビクつきながら耳を塞いだ。

視察がなくなったため、青年は宮殿の郵便受けに届いたものを整理することにした。郵便屋は今、たまにしか配達に来ない。自分でじかに届ける方が早いくらいだ。「陳情」、「いたずら」、「その他」に分類するため、大家から段ボールをもらい、三つの入れ物を即席で作った。昔から工作が得意な青年は手早くそれを作り上げたが、先日ゴミ捨て場から拾ってきた自分用の小机で仕分けを始めてすぐ、請求書の他はいたずらばかりだと気がついた。一見、真剣な相談事のように思えるものも、末尾に「インチキ皇帝殿」などと書いてあったりする。

「ややっ」と急に声がして、青年は飛び上がらんばかりに驚いた。皇帝の顔がすぐ横にあった。揶揄の言葉にショックを受けるのではと焦ったが、目を輝かせて便箋に見入っている。

「銀杏《いちょう》だな。こっちはなんだ」

深爪気味の指で示したのは、青年が便箋の隅に走り書きした絵だった。

「シュロです」と青年は小さな声で答える。「ヤシ科の木です」

「木を描くのが好きなのか。人間は描かんのか？」

いいいいいい、これも人物なのだけど、と思いながら、「あまりうまくないので」と答える。すると皇帝は、いつも家賃用に胸ポケットに入れている五百円玉を一枚取り出し、青年に押し付けた。

「すぐにスケッチブックを買ってきなさい」

え、と聞き返す青年をまっすぐ見返し、「落書きはいかん」と皇帝はたしなめるように言った。

「民からのものに描くなど、もってのほかである」

青年が商店街で買ってくると、皇帝はこれを描け、あれを描けと次々に指示を出した。そして描き上がるたびにスケッチブックを手に取り、近づけたり遠ざけたりして眺める。モグラの尻尾はもっと短いだとか、この梅干しはあまりすっぱそうじゃないとか、風船と言っただけなのになぜ勝手に膨らんだものを描いたのだなどと、いちゃもんに近いダメ出しをするわりには、「消すでないぞ」と釘を刺し、次に何を描かせようと真剣に頭を悩ませる。そして青年の流れるようなスケッチを飽きもせず眺めるのだ。

新鮮だった。たまらなく爽快だった。絵を描く楽しさを、青年は久々に心から味わった。スケッチブックは瞬く間に絵で埋まっていく。次は何を描けばいいのかと、鉛筆削りに差し入れた鉛筆を回す青年の傍らで、描き上がったばかりのコンセントの絵をしばらく眺めた皇帝は、「合格」と言って頷いた。

「次はコクサイだ」

「コクサイ？」

サイの一種だろうかと首を傾げた青年に、何だ知らぬのか、と皇帝は口を尖らせた。

「国の債券だ。そのデザインをせよと言っている。これは大変な名誉であるぞ」

青年はしばし言葉を失った。「それはつまり――東京帝国の債券を発行する、ということですか？」

ＡＩの地震予測により、日本国債の価格は大暴落した。連日ニュースで取り上げられたため、国債とは国が発行する債券であり、投資家がそれを買うことでお金が国に入ることも、金利がつくことも、国が破綻しない限り、満期が来れば満額で償還されることも知っている。国債発行は、国が資金調達をする手段のひとつなのだ。そして今、皇帝は金がない。食事も毎回献上されたもので済ませていて、それがない日は「どうも腹が空かぬ」と、ぐうぐう鳴らしながら強がっている。家賃のための蓄えも早晩尽きる。事態打開の方法として、国債発行を思いついたのだろう。本来なら国債で調達した金は国のために利用されなくてはならないが、そう指摘すれば、朕は国家なり、とでも言うに違いない。

だが――いったい誰が買うというのだ？　私は東京帝国の国民だと本心から思っている者が、俺らのトップは皇帝だと信じている者が、この東京にどれだけいるだろう。

皆無だ、と青年は思う。ならば国債など発行するだけ無駄だ。

そう分かっていても、青年は鉛筆を動かした。流通しなくてもよい。買う者がいなくとも構わない。青年は描きたかった。大きさがよく分からないので、財布から千円札を取り出して枠を取り、デザインにふけった。描いては消し、緻密に、繊細に描き込んだ。そして最後に「東京帝国」と中央下寄りに記した。

カラスの声で我に返り、窓に目をやると、墨で塗りつぶしたような黒だった。とっくに日が暮れていたのだ。皇帝は眠っていた。ベッドに大の字になり、先ほどまで気づきもしなかったけれど、盛大にいびきをかいていた。山高帽は被ったままだ。少しだけ斜めになっていたので、青年はそれをそっと直してやった。

いびきがふと止まる。起こしたかと思った時だった。

「溺れる」

寝言のようだった。皇帝はわずかに顔を歪め、再び、「溺れるよ」と呻くように言ったのだった。

サイズが小さいという不満はこぼしたものの、国債の図柄は一発で合格だった。特に、注意深く眺めなければそれと分からない感じで、ところどころにカラスを描き込んだことがお気に召したらしい。カラスは何としても入れようというのは、初めから決めていた。山高帽についている羽根飾りがどうやらカラスのものらしいからでも、軍服が黒だからでも、宮殿から見える木々によくカラスが止まっているからでもない。それらはむしろ、副次的な事柄なのだ。

皇帝はおそらく、カラスと会話ができる。少なくとも、意思疎通はできている。そう確信するに至ったのが、トイレットペーパーの件だった。

視察に行き、「何かお困りかな?」と民に尋ねて回る皇帝の日常は相変わらずだ。その際に、ごく稀にだが、具体的な悩み事が出てくることがある。そのひとつが、品不足についてだった。年々、というよりは日々営業を諦める店が増え、どの品も充分には確保できなくなっている。それに嫌気がさし、東京を離れる者も少なくない。避難を促したい国は、見て見ぬふりをするどころか、ＡＩによる地震予測には多少の誤差が生じる可能性もあると言い出した。つまり、東京直下地震は今すぐにでも起こるかもしれないと脅しているのだ。物流や配送の業者たちは怖がって東京に届けようとせず、もしそれを無理強いすれば地ハラ――地震ハラスメントだと訴えられる。だからインターネット通販の会社も、東京への配送を取りやめてしまった。今や地ハラは企業にとって、評価や好感度を左右する重要な指標の一つとなった。結果として、東京の品薄は解消どころか深刻になる一方だが、人口も日々減っていくので、何とかまかなえている。

　そんな中で問題となるのが、買い占めだった。トイレットペーパーのように腐ることのない商品は、一部の者が大量に買ってしまい、入荷したというので店に行ったら棚はもうカラだったという事態が頻繁に起きていた。

　話を聞いた皇帝はすぐさま名前の挙がったスーパーに向かい、「民が困っている」と文句を言った。

「うちも何もしていないわけじゃないんですよ」と黄色いエプロン姿の店主は、棚に貼りつけられた「おひとり様　二ロールまで」という注意書きを指差した。でもねえ、と汗の浮いた頬をさする。

「一度に何個もレジに抱えてくりゃあ、さすがに止められるんですがね、買ったと思ったらまた入店して、しかも眼鏡かけたりマスクしたりと、変装めいたことまでする。さっきの人だなと大抵は分かるんですが、双子かもしれないし、百パーセント確信があるわけじゃない。いちいち身分証を確認するのも気分が悪い。中には、一日何ロールまでなんて書いてない、と開き直るお客様もいらっしゃいますから」

「一日に何ロールまでと書けばいいではないか」

「そうしたら連日来ますよ。次は三日で何ロールまで、と書くんですか？　きりがない。お客様の善意を信じますという態度しか、こっちは取りようがないんだ」

しばらく考え込んだ皇帝は、つと顔を上げると、杖で床をトンと突いた。

「ならば朕がすべて買い取ろう」

店主は助け船を求めるように青年を見た。この人はいったい、何を言い出したんだ？

「仕入れた分すべてのトイレットペーパーを朕が買う。それを配給制とする」

「買い取ってくれんのはありがたいが」と店主はこめかみを搔いた。「それを誰が配るんです？うちは配達まではやってない」

「配給のチケットを作って配布するとかですか？　それを持ってきた者に、指定の個数を渡す、みたいな」

たしか戦時中はそのようなやり方ではなかったかと、歴史の授業を思い返しながら青年は言った。早くも頭の中には、配給チケットのデザインを浮かべていた。トイレットペーパーにふさわしい図柄はどんなだろう？

「それでもちょろまかそうとする奴は出てくると思うけど」と肩をすくめる店主に、「安心いたせ」と皇帝は笑った。

「朕が配給すると決めたのだ。従わぬ者などいるものか。チケットも何も必要ない。店先に置いておけばよい。あとは民が取りに来るだけだ。さっそく明日の新聞で通達する」

いくらなんでも、民を信用しすぎだ。というか、自分の力を過信しすぎだ。青年は呆れたけれど、翌週、買い占めを皇帝に訴えたうどん屋の女性が、散策の際に駆け寄って礼を言った。おかげさまでトイレットペーパーが手に入るようになりました、と。

たしかに記事は出してもらった。例の東京新報だ。皇帝がトイレットペーパーを配給制にすると言っているのですが、と電話口で切り出すと、載せましょうと「皇帝動静」の担当記者は即答した。

一週間で一人二ロールまででどうでしょう、と提案もしてくる。翌朝、約束通りに記事が出た。病気などでそれ以上必要な事情を抱える方は弊社に連絡を、まとめて皇帝に申請するとまで書いてあった。自分たちが送り込んだ皇帝をもり立てたいのだろうが、それにしてもここまでやるとは、まったく物好きな人たちだ。

ざるのような穴だらけの策だと思ったけれど、どういうわけか、買い占め防止効果はあったようだ。狐につままれた気持ちでいたが、しばらくして東京新報にある記事が載った。「カラスはトイレットペーパーがお好き」という見出しだった。スーパーから出てきた客をカラスが襲うケースが増えていて、狙われる客は、なぜかきまって配給用のトイレットペーパーを持っている、と書いてあった。これを読んだときに、やはり皇帝とカラスたちは意思の疎通ができるのだと青年は確信した。襲われたのはおそらく、規定以上に持っていこうとした者たちだろう。今や外を歩けば、視界のどこかにカラスはいる。飛んでいるもの、電線や木に止まっているもの、道をぴょんぴょんと歩いているもの。賢そうな顔でじっと人間を見つめる彼らこそ、皇帝の民なのではないかと思えてくる。

とは言え、何もかもカラスが手助けしてくれるわけではない。相談事がうまく解決するケースはごく稀だ。郵便配達が週一度程度になり、メールを利用しない祖母が困っている、という乾物屋の主人の陳情を受け、皇帝は郵便局に乗り込んだ。しかし少人数で広範囲を回らねばならない郵便局員の疲弊ぶりを知るや、涙を流さんばかりに同情し、半ば奪うように郵便物を手にすると、「朕が届けよう」と出ていった。しかし結局、仕分けを手伝ってやりなさいと残された青年が心配した通り、一通も届けられずに帰ってきた。皇帝は方向音痴なのだ。ならばせめて仕分け作業をと張り切るも、案の定勝手に葉書を読み始め、「民が困っている」とその内容に頭を悩ませ、手は完全に止まってしまった。

ビルの解体作業がうるさくて眠れないという訴えには、眠れないならその時間に工事を手伝えば早く終わろう、と取っておきの解決法を思いついたような顔をして相談者に呆れられた。近くの空き家にホームレスが住みついて怖いと言われた時は、ならばホームレスと仲良くなればよいと、宮殿に相談者とホームレスたちを招待した。結果的に、皇帝自身がホームレスの身の上話に聞き入り、「朕のせいだ。朕は無力だ」などとしょげ返る始末だ。蚊が多くて困るので駆除してくれないか、という者もいた。蚊も我々と同じく生き物であり大事な命だ、共存を楽しみ給え、よく見れば可愛い顔をしているぞと相談者にこんこんと説いていたが、説得の最中に頬に止まった蚊を、皇帝は思わず叩いてしまった。蚊の顔を見せようと思ったのだ、と苦しい言い訳をもごもごと口にした皇帝は、手に張りついた死骸を帰り道に丁寧に埋葬し、蚊に食われながら長いこと手を合わせていた。

たいてい、的外れだ。それでも、皇帝を支持する声は徐々に広がっていった。多くの者が見捨てたこの東京という地を「我が帝国」と誇り、民のために奔走する。卑屈と諦めに満ちた人々にとって、その姿は当初パフォーマンスにしか見えず、腹立たしいと思う者も少なくなかった。だから東京に注目を集める手段として利用しようと、皇帝の滑稽な姿をＳＮＳに上げたりもしたのだ。だが皇帝の行いは、もはやパフォーマンスでできる範疇を超えていた。少なくとも民はそう感じた。だからこそ、皇帝を見つめる民の目に、偽物ではない好意の色がにじむようになったのだ。

青年の予想を超える事態はいろいろとあったけれど、その最たる出来事が、例の国債を巡って起きた。皇帝の指示で作製した額面「千円」の国債をさっそく印刷せよと言われ、デザイン画を手に宮殿を出たものの、青年は小学校の校庭のジャングルジムに座り込んだ。民が喜んで買うと思い込んでいる皇帝に、現実をどう分からせたらよいのだろう。そもそも、国債を印刷できるなんて光栄だと、印刷屋が無料で請け負うと信じ切っている時点で大間違いだ。世の中はそんなに甘くない。それは青年がこの数か月、痛いほど感じていることだ。

印刷代は払うしかないのだが、金庫番も仰せつかり、黒い布製のがま口を渡されている青年には、そんな無駄な出費をする余裕がないことも分かっている。トイレットペーパーを買い取ったせいで、蓄えは一気に減ってしまった。早晩、皇帝は無一文になる。五百円の家賃さえ払えなくなり、宮殿も出ざるを得なくなるだろう。幸い献上品で食いつなげているものの、乾物と佃煮と和菓子に偏った皇帝の食事では栄養バランスなど取れたものではない。先日見かねて、青年が野菜や肉を詰めた弁当を持って行ったが、皇帝はむすりとした顔をして、腹を鳴らしながらそれを断ったのだった。

やれやれと呆れつつも、青年はある種の安堵も抱いていた。これだけ金に困っているということは、東京新報から報酬を受け取ってはいないだろう。つまりこの男は、皇帝役を演じるように指示されているわけではないのだ。とはいえそうなると、ますますこの男の真意が分からなくなる。

とにかく国債だ。思案を巡らせた青年は、校舎の玄関にある電話で東京新報に掛けた。これまで何度かやりとりしているため、名乗るとすぐに「皇帝動静」の担当者に代わった。皇帝のことである記事を載せてほしいと言うと、ほお、と乗り気な声が返ってきた。

「トイレットペーパーの次はちり紙ですか？　それとも食べ物かな」

「国債です」

さすが記者だけあり、すぐにピンときたらしい。

「東京帝国の国債ってことですか？」

「皇帝に東京帝国国債発行のご意向あり。額面は千円。実現可能性を含め検討中――みたいな記事を載せてもらえたらと」

「検討なんてしないでしょう、あのお方は」と記者は笑い声を立てた。「あなたも大変ですね」

「可能性、あると思われますか？」

記者はしばらく沈黙し、でもまあ、と慰めるように言った。

「うちに持ち込んでくれたのは正解だと思いますよ。今の東京にしがみついてるのは変わり者ばかりだ。何かしら打開策が出てくるかもしれない。いいですよ、社会面にバンと載せましょう！」

バン、というほどではなかったが、翌日の社会面に約束通り記事は載った。

宮殿に電話が掛かってきたのは、その日の昼だった。宮殿のと言っても、アパートの玄関にある共同の電話だ。受話器を取ったのは青年だった。部屋は玄関横で、大家以外に住人はいない。皇帝は聞こえないふりをするので青年が出るしかないのだ。

「皇帝さんの宮殿とやらは、こちらで合ってますかな？」

迫力のあるダミ声だった。文句や脅迫の類だろうかと慄《おのの》きつつ、はい、と答えると、声の主はフルネームを名乗った。

四斗辺《しとべ》稲蔵《いなぞう》。

おそらく日本人なら誰もが、聞いたとたんにあの達磨《だるま》顔が浮かぶだろう。立ち上げた電機メーカーは常に時代の先端を行き、右肩上がりで成長を続けている。学生が就職したい企業で常に上位に入るのは、革新的な経営姿勢のみならず、環境や福祉への積極的な取り組み、そして何より創業者である四斗辺のカリスマ性ゆえだ。今はもう経営から退いているが、存在感は健在である。本社を大阪に移転するという現社長の決定には口出ししなかったようだが、四斗辺自身は東京にとどまり続け、そのことはたびたび報道されていた。側近は皆、避難を勧めているが、頑として動かないという。

「いやあ、見たよ、記事」

付き人だと名乗った青年に、四斗辺はそう切り出した。もう八十を過ぎたはずだが、圧倒されるほど声に力がある。

「本気か？」

「みたいです」と青年は宮殿の扉を見やりながら答えた。

「なら今日、うちに来なさい。何時でも、君の都合の良い時間で構わんよ」


四斗辺の豪邸は、谷中にあった。瀟洒な造りとは言い難く、暮れかけた空に光る金の屋根は周囲の景色から明らかに浮いていて、下町の雰囲気を乱している感じもしたけれど、玄関の引き戸を開けた着物姿の四斗辺に体当たりめいた抱擁をされると、なるほどこれでは近所の人も許してしまうだろうと納得するのだった。

通された応接間には、どこの国の物とも分からない品が所狭しと置かれていた。一人暮らしのようで、お茶は自ら運んできた。金を基調にしたきらびやかさだけが売りの器には首をかしげたが、抹茶自体は薫り高いさすがの逸品で、青年は思わず唸った。舌に残る上品な苦みを堪能し、器を大理石のテーブルに戻すと、それで、と切り出した。

「引き受けよう」

まだ何も説明していないのに、四斗辺はそう言った。え、と聞き返す。

「国債だよ」

もしかしたら国債をいくらか買ってくれるのではという予感は、電話の後から抱いていた。ありがたい申し出だ。これで数日、あるいは数週間、皇帝の宮殿暮らしが延ばせるかもしれない。だが

――。

「お勧めできません」

四斗辺は、ほお、と腕組みして青年を見据えた。

「満期が来ても、おそらく償還できません。債券はただの紙切れになってしまいます」

四斗辺は何かが破裂したような笑い声をあげた。

「そんなみみっちい話じゃないさ。買うんじゃなくて、引き受けると言ってるんだ」

青年は思考を整理するように目を何度も瞬いた。「と、言いますと？」

「東京帝国の国債は、いつでもこの四斗辺が買い受けると世間に公表すればいい。金に換えたい奴は俺のところに持ち込めば、元本も利子も受け取れるってわけさ。それならみんな買うだろうよ」

四斗辺が途方もない金持ちだということは、海外経済誌の世界長者番付などからも明らかだ。彼が担保するなら、国債を買う人はたしかに出てくるかもしれない。願ってもない申し出だ。だが、だからこそ気を付けねば、と青年は居住まいを正した。うまい話には必ず裏があるらしいよ、とあいつもくどいほど言っていたではないか。

「それで、その先はどうなるのでしょうか？」

「何の先だね？」

「四斗辺さんの手元には、国債が溜まっていくことになります。額面の合計金額がどれほどになるか分かりませんが、たとえ何年経っても、皇帝はあなたにその金額を返せないと思います」

「だろうな」

「損するだけじゃないですか」

「こっちは隠居の身だ。損得勘定なんかとっくに捨てたさ」

それに、と言って、四斗辺は紬《つむぎ》の着物に包んだ巨体をぐいと乗り出した。

「あの男にはワクワクすんのさ！　民のために——。あの男の頭には、それっきゃないだろうよ。俺に言わせりゃ、それこそ本物のエンペラーってもんだ。気に入ったね。俺はまだまだ皇帝さんを見ていたいんだ。そのためなら安いもんよ」

本物の、エンペラー。

その言葉をつぶやいた青年の顔を覗き込み、君もそう感じたんじゃないのか、と四斗辺は言った。

「だから付き人をしているんだろうというのは、俺の読み違えかね？」


こうして東京帝国の国債は無事発行された。印刷屋は四斗辺が紹介してくれた谷中の印刷屋に依頼した。無愛想だが丁寧な仕事をする職人で、刷り上がった国債を前に、青年は感動でしばらく動けなかった。自分がデザインしたものが、世に出ることになるのだ。東京帝国政府発行の文字と、皇帝のサインも入っている。サインは四斗辺が入れたほうが良いと勧めたのだ。「皇帝　田中正」——このサインを、皇帝は何度も書き直した。まるで慣れない名前であるかのように。

そのこと以上に心に引っかかっているのが、あの寝言だった。視察を終え宮殿に戻り、事務処理などを青年がしている間に、皇帝が寝てしまうことがたびたびある。事務処理が増えたのは、皇帝が民に受け入れられてきた証《あかし》でもあった。「いたずら」の箱に入る封書と、「陳情」の箱に入る封書の嵩《かさ》は、ついに逆転した。東京新報は政治やら外交やらスポーツやら、様々な話題に関して皇帝のコメントを求めてくるので、その対応も必要である。それらに追われ、夜中まで宮殿にいる日もあり、気づくと皇帝はベッドで大の字になっているのだが、きまってうわごとのように「溺れる」と繰り返している。その表情はいつも苦しげで、心細そうなその呻きに思わず手を握ってやりたくなる。この人は、トラウマのようなものを抱えているに違いない。そのことと、自らを皇帝だと思い込むことには、何か関連があるのだろうか。そう思い、東京湾に視察に行った際に注意深く様子を窺ったけれど、水を怖がるようなそぶりはついぞ見られなかった。


「あら、今日はひとり？」

新しいスケッチブックと鉛筆を買いに来た商店街で、青年はこの日五度目になるこの問いに、はい、と答えた。いずれの声にも落胆が滲んでいて、皇帝は本当に受け入れられたのだなとしみじみ感じると同時に、自分への率直な反応が新鮮でもある。

「もしかして、皇帝と喧嘩でもしたの？　ダメよ、折れてあげなくちゃ」

団子屋の女主人の言葉に苦笑しつつ、違います、と答える。

「皇帝は今、少し熱があって」

たいしたことはないのです、と慌てて付け加えたが、遅かった。女主人は途端に顔を曇らせ、「甘いものなら食べやすいでしょう」と団子をパックに詰め始めた。別に食欲がないとは言っていないのだけれど。おそらく疲れが溜まったのだ。梅雨明けした炎天下の東京を、毎日何時間も歩き回っているのだから。

お代を払うと言ったが、女主人は頑として受け取らない。予想以上に国債を買う民がいて、いくらか余裕はできたのだけれど、そのがま口はしまって頂戴と言い、レジ袋に次々とパックを入れ、それからハタと「ショウガ！」と叫んだ。

「付き人さん、生姜湯は作れる？」

青年がかぶりを振ると、女主人は斜め向かいの八百屋に駆け込んだ。大ごとになってしまったと焦る青年の方を振り返り、「おろし金はある？」と聞いてくる。商店街の人がわらわらと集まってきた。「皇帝が風邪ですって」と、これまた不正確な情報が拡散され、今度は魚屋の主人が氷枕を、パン屋の店員が蜂蜜を、薬局の店員が風邪薬とマスクを持ってきた。黒いマスクだ。カラス皇帝はやっぱり黒でなくちゃと言っている。

「カラス皇帝？」

戸惑う青年を、女主人は驚いたように見た。「ネット、見てないの？」

「そう書き込まれているのですか？」

「だってそりゃあ、皇帝と言えばカラスだもの」

スマートフォンで見せてもらったネットの画像には、カラスと一緒にいる皇帝の姿がいくつもあった。皇帝はカラスを見かけると決まって寄っていく。そして無言で見つめる。カラスは逃げることもなく、カアとかガアと鳴く。たまに二人、というか一人と一羽が並んで歩いたりもする。ピョンピョンと足を揃えて進むカラスと、その横を、背中で手を結んで歩く皇帝の取り合わせは、色合いのせいもあり妙にしっくりときて、それらの画像にはいずれも数十万の「いいね！」がついていた。

数十万。いつの間に、と青年は顔をしかめた。以前見た時は、一万程度だったはずだ。これは気を付けねば、色々と面倒なことになるかもしれない。

青年の不安は、商店街からの帰りに、さっそく一つの明確な形となり目の前に現れた。

「関西中央新聞　社会部記者　赤尾礼司」

そう書かれた名刺を慇懃《いんぎん》に差し出すと、赤尾は青年がぶら下げた大量の袋の中を覗き込み、へえ、と言った。明らかに小馬鹿にした口調である。

「カラス皇帝はずいぶん慕われてるんですねえ」

「ありがたいことです」と言って脇をすり抜けようとしたが、立ちふさがられた。

「なぜ取材を受けて下さらないんです？」

たしかに、取材依頼はあった。宮殿に電話が掛かってきたが、社名を聞いた時点で断った。一般紙とスポーツ紙の中間に位置するような新聞で、見出しはいつも過激だ。信憑性の疑わしい記事も多いものの、扇情的、刺激的な論調は面白がられ、一定の支持を得ている。もともと本社は関西にあったのだが、首都機能が移転された際に社名にわざわざ「中央」と入れるあたりがいやらしい。首都を否定された東京の現状を、そこに現れた皇帝を名乗る男を、面白おかしく書き立てたいに決まっている。

「東京新報のは受けていますよね。皇帝は新聞社を選り好みなさるんですか？」

口元に笑みを浮かべているのに、切れ長の目はまったく笑っていない。その視線から逃れるように青年は顔を伏せた。

「東京新報は地元紙ですから」

「東京の現状を、むしろ全国に伝えるべきでは？」

「正確な情報ならそうですが」

心外だなあ、と言いながら、赤尾はにじり寄ってくる。「うちが情報を捻じ曲げているとでも？」

「すみません、急いでいますので」

立ち去ろうとする青年の腕を、赤尾はグイと掴んだ。

「もちろん、皇帝ご自身の判断なんですよね？　うちにノーと言ってるのは」

思わず言葉に詰まった。それを記者である赤尾が見逃すはずもない。にやりと笑みを浮かべると、

「付き人ってのは、ずいぶん裁量権があるんですね」と目を丸くしてみせた。

「皇帝は今、宮殿ですよね？」

直談判しようというのだろう。それだけは絶対に避けたかった。勝手に断ったと知れば怒るかもしれないし、何より、皇帝は取材を受けてしまうだろう。来る者は拒まずという人だ。だからこそ厄介な相談者に振り回されたりもする。そうして疲弊し、熱を出したようなものだ。

「今、具合がちょっと。後日宮殿にお電話いただけますか」

「皇帝は病気ですか！」

「そんな大げさな話では」

「付き人が医学的判断までするんですか」

怒っては駄目だ、と青年は自分に言い聞かせた。感情を抑え込む訓練なら、幼い頃からずっとしてきたじゃないか。

「そのうち皇帝のインタビューをお願いしますよ。聞いてみたいことが山ほどある。東京帝国の将来のこととか、民との関係性のこととか、カラスと仲良くなる秘訣とか」

それと、と赤尾は切れ長の目を光らせた。

「皇帝ご自身のこともたっぷりと」

「自分のことはいいからと、そうおっしゃると思います」

その予想には自信があった。商店街の人々に、故郷は、などと聞かれても、いつもそう答えていたからだ。

「それは極度の恥ずかしがりか――あるいは探られたくない腹を抱える身だからか。恥ずかしがりの人間が、旧議事堂前で皇帝就任宣言なんてしますかね」

赤尾もあの場にいたのかもしれない。あの十数人の野次馬の中に。

警戒の色を濃くする青年に、赤尾は狐に似た顔を寄せた。

「あなただって気になるでしょう？　田中正とはいったい何者なのか」

「いいえ」と青年は首を振った。「皇帝の民へのお気持ちは本物です。それで充分だと思います」

「嘘だ」

青年の目を見据えたまま、赤尾は断言した。

「あなたは俺と同じだ。田中正が何者か、知りたくてたまらない。そういう顔をしてますよ」

違う。そんなんじゃない。

そう口にしようとすればするほど、本心でないことを突きつけられる。

赤尾の言う通りだった。四斗辺の推測は外れていた。本物のエンペラーだと思っているから付き人をしているのではない。何としても正体を知りたい、突きとめねばならないと感じているからこそ傍に張りついているのだ。

「どちらが先に真実にたどり着くか、競争ですね」

楽しみだなあ、人と競うのは大好きなんですよ、と言い、赤尾は去っていった。青年は路面を睨みつけた。足元に短く伸びる自分の影が、やけに黒く見える。蟬がけたたましく鳴いていた。それは警告のサイレンのようにしか聞こえなかった。

第三章

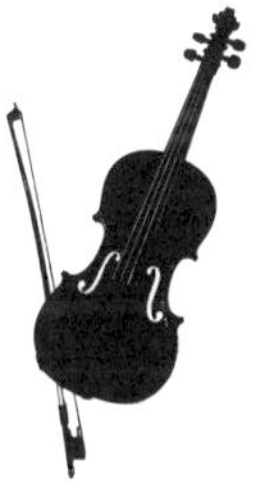

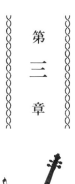

青年は時々、例の漫画喫茶に立ち寄るようになった。パソコンの検索サイトに書き込む言葉はいつも同じだ。単に「皇帝」とするとナポレオンのことばかりヒットするので、「カラス皇帝」と入力するようにしている。皇帝への注目は、日を追うごとに増しているようだ。皇帝の画像も、それに付く「いいね！」も、調べるたびに桁が変わっている。書き込まれるコメントの大半が好意的だ。憂鬱になるニュースが多い中、一息つける話題と人々は捉えているようだ。視察先での画像を見て、東京を懐かしがる者も少なくないらしく、皇帝への興味は、忘れ去られつつあった東京への関心をも呼び起こしていた。このまま見捨てていいのか、もっと手を差し伸べるべきじゃないかという声が出てくるのを期待する東京の人々が熱心に皇帝のことをネットに書き込むため、ついには宮殿に、テレビやラジオ局からの取材申し込みも舞い込むようになった。

「どうなさいますか？」

各依頼内容を書きとったメモ帳に視線を落としたまま、青年は尋ねた。もちろんその中に、赤尾のいる関西中央新聞の名もあった。

「断ればよい」

皇帝は机上に視線を落としたままあっさりと言った。そこには今日、視察先で貰ったまんじゅうが並んでいる。箱入りだったものをわざわざすべて取り出し、見比べているのだ。まんじゅうであれ、おにぎりであれ、夏ミカンであれ、献上品の場合はいつもそうする。少しでも大きなもの、立派なもの、美味しそうなものを選び取るために全精力を注いでいるといった感じで、みみっちさに呆れつつも、その光景を眺めるのが青年は決して嫌いではなかった。

「東京新報以外のメディアは一切受けない、ということですか？」

「その方がよいのであろう？」

困惑で言葉に詰まった。「僕が、ですか？」

皇帝は腰を曲げたまま、顔だけを青年の方へ向けた。

「さっきからそういう顔をしている」

思わずカッと頬が熱くなる。

「僕は別に。ご自身のためにお決めになってください」

「朕は自分のことなどどうでもよい」

大きめのまんじゅうを選り抜きながら言われても、説得力がない。

「ならば民のためにお決めになってください」

皇帝は屈めていた腰を伸ばし、ふうと大きく息を吐いた。

「変な奴だ。望みどおりになるのを、なぜ怖がる」

「怖がってなど――」

ひたと見据える皇帝の小さな瞳に、膝を抱えて怯える自分が見えた気がした。

皇帝の言う通りだ。僕は怖がっている。青年は呟くように言った。

「たぶん、慣れていないからだと思います」

自分の望みなど、あって無いようなものだった。持つだけ無駄だった。だから周囲の望みが自分の望みなのだと思い込むようにした。ずっと自分で自分を洗脳してきたのだ。

「慣れていなければ、訓練すればよい。ちょうどよい機会ではないか」

珍しく諭すように言われ、その皇帝然とした態度に青年は面食らった。

「しかし……メディアに注目してもらい、ぜひとも東京に全国の目を、と民は願っています」

「朕がこの二つのまなこをきちんと向けておるのだ。それ以上のことはあるまい」

強がりでも、見栄でもない。皇帝は心底そう信じ切っている。もう何も言えなかった。青年は、分かりましたと言ってメモ帳を閉じた。

「東京新報以外は、すべて断るようにします」

ゆっくりと頷くと、皇帝は窓辺に向かった。これからカラスタイムだ。闇夜に沈んだ外の景色の、どこにいるとも分からぬカラスたちが鳴くのをじっと聞いている。そして時折、笑ったりする。こうなるともう、何を言っても無駄だ。皇帝の耳に、人間の声は届かなくなる。

だからカラスタイムに突入すると、青年は宮殿を後にする。道は相変わらずどこも薄暗い。やがてすべての街灯が切れる日が来るだろう。いや、その前に、夜道が暗くて困ると、民が陳情に来るかもしれない。民の皇帝への信頼が、もしこのまま続くならば。

怪しいところだ、と青年は思う。脚光を浴びれば、思わぬリスクが降って湧くものだ。それに——青年は気づいていた。東京新報以外の取材はすべて断りますと言った時、皇帝がほんの一瞬、心から安堵した表情を浮かべたことを。

皇帝に注目が集まることを、民は望んでいる。民の喜びが朕の喜びだというならば、どこの取材も受けるはずだ。いつもの姿勢とは、どう考えても一貫しない。赤尾のことが脳裏に浮かんだ。ほらみろ、と笑っている気がした。

田中正には、探られたくない過去がある。だからメディアに出たがらないんじゃないのか？考えすぎだと笑い飛ばすことは、青年にはできない。明滅する街灯の脇に、銀杏の樹が立っていた。幹にそっと手をあてる。大丈夫。祈るように青年はそう呟いた。

でも全然、大丈夫ではなかった。

余計な人物の、余計な一言によって、事態は一変した。

その人物とは、アメリカ大統領である。国賓として日本に招かれ、首相と会談したほか、京都御所で天皇と会見を行った。元俳優という経歴を持つ大統領はジョーク好きとして知られていたが、まさか車寄で出迎えた天皇に「そう言えば日本にはもう一人エンペラーがいるそうですね」と言い出すとは、誰も予想していなかった。父親である先の天皇が亡くなった七十二歳という年齢を翌年に控えた天皇は、近年足に不安があり、そう遠くない将来に退位をとのご意向を表明されている。だが頭の方はまだまだ衰えしらずで、外国語も堪能だから、通訳が聞き逃したふりをしても、大統領のその発言を聞き取られたはずだ。カメラマンたちは顔を見合わせた。天皇のこの困惑顔は、やはり放送NGだろうか？

この発言をなかったものにしようという関係者たちの涙ぐましい奔走は、結局のところまったく無駄骨になった。貿易交渉の成果を誇ろうと政府が用意した生中継の記者会見で、大統領はエンペラー発言を自慢げに披露し、なおかつこう言ったのだ。

「西のエンペラーに会ったなら、東のエンペラーにも会わねば」と。

外国、しかもアメリカのトップが、京都にいる正真正銘の天皇と、東京にいるペテン師めいたカラス皇帝を同等のように言及したことに、多くの日本人が激怒した。そしてその怒りの矛先はむしろ、発言の主であるアメリカ大統領よりも、皇帝へと向けられた。そもそもあんなけしからん奴がいるからいけないのだ、と。

宮殿に届く郵便を仕分けるのに、「非難・抗議」という箱が必要だろうかという青年の迷いは、すぐさま不要になった。内容が日に日に過激になり、皇帝の目に触れぬよう、読んだ端から捨ててしまわねばならないほどになったからだ。付き人である以上、郵便物の中身を確認せねばならない青年は気が滅入った。封筒を開ける手が強張るようにもなった。その恐怖を共有し、心配し、憤ってくれたのは東京の人々だった。彼らもネット上に出回る、カラス皇帝への罵詈《ばり》雑言《ぞうごん》や脅迫を目にしていて、我らの皇帝をよくもと憤慨した。

アメリカ大統領の無神経な発言はもちろんだが、民のこの反応も、青年には予想外だった。てっきり民も手のひらを返し、皇帝批判に回るものと思い込んでいたのだが。東京に注目してもらうために利用しようとした後ろめたさゆえだろうかと疑ってみたりもしたが、皇帝を心配する民の表情から、そんなものはみじんも感じられない。彼らがどうやら本気で慕っているらしいことは、「カラス皇帝」と呼ばなくなったことにも表れていた。今や、そう呼ぶのは他県の者ばかりだ。

東京の人々が皇帝を支持すればするほど、他県の者は批判を強め、批判が強まるほど、民の皇帝への肩入れは強くなる。両者が感情をエスカレートさせる中、淡々と変わらぬ日々を過ごすのが誰あろう皇帝自身であった。

何も知らないわけはない。アメリカ大統領の発言も、それを発端とした皇帝への強烈なバッシングも、東京新報は報じている。それでも皇帝は宮殿周辺の散策と各地の視察という毎日を何ひとつ変えなかった。行った先では、民が必ずと言っていいほど心配そうな表情を浮かべ、「私たちがついていますから」「よその奴の言うことなんか無視しましょうや」などと声をかけてくる。それに対し皇帝はどう応じるかというと、礼を言うでも、聞き流すでもない。背を丸め、目を伏せるのだ。朕は傷ついて弱っておる、とでも言いたげに。そしてぽつりと呟く。

「憂いのあまり、腹が減ってかなわぬ」と。

こうしてその夜もまた、宮殿の机にスイカやらメンチカツやらが並ぶことになる。

国債は四斗辺のおかげで無事発行に至り、思いのほか購入してくれる民が多く、以前に比べればはるかに金銭的余裕ができたにもかかわらず、そういうセコい手を使う皇帝を間近で見ていて、こんな男がエンペラーを名乗るなんてと思うところはある。だが逆に、だからこそ今の東京で受け入れられたようにも青年は感じていた。民も皇帝が本当にしょげ返っているとは思っていないのだ。それでも、おやつをせしめようとする子供のように真剣で、何かを差し出せば目を輝かせ、だがすぐに皇帝らしくあらねばといかめしい顔を作る様子はどうにも憎めず、つい許してしまう。その滑稽なさまを見ている間は、東京の衰退も迫りくる地震のことも頭から消え去るのだろう。

ささやかな献上品を何より好むけれど、たまにはレストランで食事をとるようにもなった。視察先で、皇帝の足がふと止まる。たいていは洋食店の前だ。メニュー表に見入っていると、店の者にぜひにと招かれる。というか、招かれるまでメニュー表をしつこく見ている。

皇帝のメニュー選びはひどく保守的で、オムライスかハンバーグのことが多い。それらを黙々と口に運ぶ皇帝を、向かいの席で食す青年はいつも意外な面持ちで見つめる。テーブルマナーが板についているからだ。ナイフやフォークの運びは流れるようで、ナプキンで口を拭う仕草も自然だ。この男はいったい、と疑問を深くする青年をよそに皇帝は食事をきれいに平らげ、「朕は気に入った」と笑顔を浮かべるのだった。

こうしてまた「皇帝御用達」を名乗れる店が増える。「皇帝御用達」になると客が増えるというのはどうやら事実らしい。おかげで巣鴨の商店街は近年になく栄えている。これもまた、東京の人々の意地の表れだろうと青年は感じていた。他県からの皇帝バッシングは過激になる一方だ。だからより一層、わが皇帝への忠誠を深くする。それを危うく感じるのは、僕だけだろうか。エンペラーへの崇拝が、かつてこの国に何をもたらしたか。それを思うと、青年は民の盛り上がりを素直に喜ぶことができない。このままで、大丈夫だろうか――。

「なんとかならんか」

皇帝が仏頂面でそう言ったのは、アメリカ大統領の「東のエンペラー」発言から一週間ほど経った頃だった。閑散としたアメヤ横丁の視察から戻った夕方のことだ。窓の外を杖で指し示している。

何のことか、青年はすぐにピンときた。

「近衛隊《このえたい》のことですか」

他県の者が皇帝に危害を加えようと潜んでいるかもしれないと民が懸念し、自発的に結成した、護衛のための組織である。当番制らしく、朝、青年が出勤する時にはすでに宮殿前に四、五人待機していて、視察はもちろん、朝の散策にも必ずついてくる。どこからの攻撃にも対応できるよう皇帝をぐるりと取り囲み、方々に目を光らせるのだ。

「あれでは民と触れ合えぬ」

握手のために差し出された民の手は、近衛隊により振り払われる。皇帝の大好物である献上品も、危険物が仕込まれているやもと、受け取らせてもらえない。仰々しい警備に民は萎縮し、気軽に声をかけてくる者は減りつつある。

「彼らも素人ですから」と青年は近衛隊をフォローした。「慣れてくれれば、もう少し柔軟な対応になるかと」

「朕に我慢せよと申すか」

珍しく、本気で怒っている。

「もう少し、人数を減らすよう頼んでみます」

「護衛など必要ないと言っておろう。前のように、朕とお前の二人で良い」

青年自身もそれを望んでいた。二人だけで、自由に歩き回りたい。だが――。

ネジが緩んだせいですぐにずり下がる眼鏡のブリッジを、青年は押し上げた。その指先には絆創膏が貼られている。送られた封書を開ける際に仕込んであったカミソリで怪我をしたのは、もう三度目だ。

「それは無理だと思います」

「また、望んでもないことを」と皇帝はむくれた。

「望みとは別問題です。無理なものは無理だと申し上げています。我慢なさってください。近衛隊の者たちはみな、皇帝のためを思って――」

「嫌だ。朕のせいでこうなったのではない。どこかの阿呆のせいではないか」

アメリカ大統領のことを言っている。

「その通りです。でも仕方がないのですよ。現に危険なのですから」

「仕方がないと済ませるのは、朕は好かぬ」

苛立ち紛れに、皇帝は杖の先で床を打った。

「でもそれがエンペラーです」

床を睨みつけながら、青年は絞り出すように続けた。

「自分の望み通りに生きたかったら、エンペラーなんて名乗らないことです」

夕暮れに染まる部屋に、その言葉はやけに響いた。明らかに不満げだったけれど、皇帝はそれ以上駄々をこねなかった。背を向け、カラスタイムに入った。もう人間との対話はたくさん、といった感じで。

カラスたちが皇帝の機嫌を直してくれればと青年は願ったけれど、翌朝、それどころではない事態が起きた。いつものように駅の売店に立ち寄った青年は、東京新報を手に取ろうとして、隣の新聞の見出しに目を剝いた。

「カラス皇帝の正体、ついに判明！」

赤尾だ、と直感した。あれ以来姿を現さないので、別のネタを追いかけているのではという希望的観測を抱いていたが、そうは問屋が卸さなかった。

青年が迷う間にも、何人かが関西中央新聞を買っていった。付き人として、皇帝にまつわることは把握しておかなければともっともらしい理屈をつけ、一部購入する。宮殿に向かう途中の、空き家が並ぶ細い路地裏で、塀と背中で隠すようにして新聞を広げた。

滅びゆく東京に現れた、世紀のペテン師　カラス皇帝の正体

〝カラス皇帝〟を知らぬ者は、もはや日本にはいないだろう。それどころか、その名は海外にまで広がり、アメリカ大統領が「東のエンペラー」と称し、大物議をかもしたことは記憶に新しい。だがその論点は、いつの間にか「東京」対「他県」という別の構図にすり替えられつつある。両者とも感情的になるばかりで、最も重要な点が抜け落ちてしまっていることを、我々は憂慮すべきだ。本来、どちらの人々も同じ国の国民であり、手を取り合うべき仲間なのだ。それを阻んでいるのは何か？

カラス皇帝の存在である。

エンペラーを名乗る一人の男の登場により、今、日本という国は分断されつつある。東京を離れられずにいる人々に、あなたの国はどこかと尋ねれば、「日本」と答える者より、「東京帝国」と答える者の方が、今や圧倒的に多いだろう。それは驚愕すべき事実だが、来たるべき大地震を

前に不安を抱える心理状態を慮《おもんぱか》れば、愚かだと一刀両断することはできない。非難すべきは、そのような東京の人々の心理に付け込み、洗脳しようとする田中正なるペテン師である。

偽名の可能性もあり、慎重に調べを進めた結果、田中正は本名だと判明した。×年和歌山県生まれなので、現在六十歳という計算になる。二十五年前に母親を、九年前に父親を、そして昨年兄を病気で亡くしていて、その不幸な事実を聞けば、それゆえ大ペテンに走ったのかと同情したくなるところだが、あいにくそれには及ばない。田中正は母親を亡くした翌年、勤めていた郵便局の有給休暇中に失踪。事件性はなく、自ら行方をくらましたと見られる。父親は、妻に続いて息子を失ったことでふさぎこみ、体調を崩した。

「前は明るい人だったんですけどね。息子さんの職場に謝罪に通ったりするうちに、みるみる老け込んで。家に閉じこもることが増えて、たまに見かけると驚くほど体がしぼんじゃって、可哀想なもんでしたよ」（近所の住人）

父親はやがて脳梗塞を発症。介護が必要になった父親の面倒を見たのは、田中正の八歳上の兄である。地元の中小企業に勤めながらの介護がどれほど過酷かは想像に難くない。やがて自宅に引き取って介護するようになったが、それをきっかけに兄夫婦の仲はこじれた。

「奥さんも、本当に一生懸命お義父さんの世話をしてらして。なかなかできるもんじゃないとうちでもよく言ってたんです。でもずっと我慢してたんでしょう。ある日突然『もう無理』と呟いて、娘さんを連れて出ていったと聞きました。ひどいとは思いません。旦那さんも奥さんも娘さんも、寝たきりのお父さんも、みんな被害者だもの」（前出の住人）

カラス皇帝は、「民の苦しみは朕の苦しみであり、民の悲しみは朕の悲しみである」と声高に言う。しかしその張本人が、これほど周囲の人々を苦しませていたのである。母亡きあと、彼が失踪さえしなければ、これらの不幸はおそらく生まれなかった。身近な人々を幸せにできない人間が唱える「民のため」という言葉に、何の信憑性があろうか。

母親の死が辛過ぎたのだ、彼も可哀想だと民は言うかもしれない。だが彼が、休暇前に同僚に「フランスに行く」と楽しげに話していたと知ったらどうだろう?

事実、田中正が大きなカバンを手に意気揚々と出かける姿が目撃されている。部屋にはフランスのガイドブックが何冊もあったという。田中正とフランスの接点はいまだ不明だが、当時から人気の観光地であり、同僚に笑顔でそのことを話していたことを考え合わせると、ただの観光旅行である可能性が高い。

帰国予定は五日後だった。田中正はおそらくただ単に、戻りたくなかったのだ。郵便物を仕分け、届けるだけの日常に。女性にろくに相手にされず、一人寂しく自宅でビールを飲む日々に。

それらは憶測の域を出ないものの、軍服に身を包んで皇帝を名乗り、東京をひっかきまわしている男が、和歌山出身の何の変哲もない郵便局員だったことや、渡仏後の失踪をきっかけに家族が辛苦にあえいだことは紛れもない事実である。兄夫婦の娘(現在四十五歳)を取材しに行ったところ、叔父のことは何も話したくないとのことだった。そう言った時の彼女の瞳が憎しみに満ちて見えたのは、おそらく気のせいではないだろう。

東京の人々に、改めて問いかけたい。あなたはそれでも、皇帝を信じますか? その人は本当に東京を、あなたたちを、良い方へと導いてくれるのですか?

メディアの役割のひとつは、権力への監視機能である。そしてその権力とは、なにも国のみに限らない。たとえ廃れゆく一都市であれ、弱者に付け込む形で、今まさに権力を築き上げつつある似非エンペラーを、我われ関西中央新聞は許さない。田中正については引き続き調べを進め、

「東京帝国」の民を名乗る者が一人もいなくなるまで、続報を打っていく。

（赤尾　礼司）

書き上がった記事を前に悦に入る赤尾の顔が浮かんだ。新聞を買ってしまったことが、今更ながら悔しくてたまらない。こんな新聞を宮殿に持ち込むわけにはいかない。小さく丸め、辺りを見回した。こぢんまりとした公園があった。皇帝の散策ルートからは外れている。すでに溢れているゴミ箱の下の方に押し込んでおけば大丈夫だろうと近づきかけ、青年は足を止めた。黒いものが動いている。青年が気づくと同時に、向こうも察知したらしく、ゴミ箱のそばに落ちたフライドポテトを突くくちばしをこちらに向けた。身構える青年に、顔の右を向け、左を向け、また右を向ける。これは攻撃前の威嚇か何かだろうか。

「捨てるだけだから」と青年は丸めた新聞を持った手を、へっぴり腰のまま伸ばした。カラスはその丸まった物体に興味を抱いたようだった。まさか皇帝のことが書かれているからではないだろうが、青年の手の動きを追いながら、ピョンピョンとさらにゴミ箱に近づき、一瞬翼を広げたかと思うと、ゴミ箱の上縁に飛び乗ってしまった。

「美味しくないよ。紙なんだから」

早くしないと宮殿に着くのが遅くなってしまうが、下手なところに捨て、皇帝の目に触れでもしたら大変だ。

「ああ見えて繊細だし」

独り言のように言うと、まるで同意するようにカラスがカアと鳴いた。

「愉快な記事であった、朕は気に入った、とか強がって、トイレに行って、なかなか出てこないパターンになるに決まってるんだ」

またカアと鳴く。

青年は、摑んだままの新聞に視線を落とした。

「郵便局員、だって」

似合わないよな、と言おうとするけれど、軍服を郵便局員の制服に頭の中で着替えさせると、案外しっくりくる気もしてくる。でもおかしいじゃないか。だったらどうして郵便局の手伝いをした際、皇帝は一通も届けられずに戻ってきたのだ？　仕分け作業も遅々として進まなかった。とは言え――この件で、赤尾が誤報を打つだろうか。

六十歳。和歌山出身。有給休暇。現実的な言葉が、青年を戸惑わせていた。正体を知りたいと願っていたのに、この失望感は何だろう。まいったな、と青年はため息をついた。おそらく同じような失望を、民も抱くだろう。夢を無理やり覚まされた彼らがいったいどういう態度に出るのか、気がかりでならない。

「大丈夫だよな」

ひと呼吸待ったが、カラスは鳴いてくれない。ただじっと新聞を見つめている。まるでそこに書かれた内容の真偽を、とっくに承知しているかのような顔で。

皇帝についての記事は、翌日も翌々日も関西中央新聞の一面を飾った。初めから連日トップ級の扱いをするつもりで、ネタをせっせとため込んでいたのだろう。他紙も、皇帝の正体について本格的に探り始めたようで、さまざまなエピソードが連日紙面をにぎわせた。東京帝国の民を動揺させることも赤尾の目論見のひとつだったとすれば、それは成功したと言える。他県の奴らの皇帝いじめだと息巻いていた民たちも、スクープが一週間も続くと、町のそこここで顔を寄せ合うようになった。そして付き人である青年を見かけると、急に黙り込むか、あるいは強引に輪に引っ張り込んで質問攻めにした。

「皇帝って、梅干しとかミカンとか好き？」

その質問は、もうあちこちでされていた。

「ミカンは冬にならないと分かりません。梅干しはおにぎりで食べる程度です」

「和歌山弁を聞いたことは？」

「そもそも和歌山弁がどんなだか僕は知りません」

「宮殿の郵便物はいつもどうしてるの？」

「僕が回収して、僕が仕分けをしています」

「仕分けのコツを皇帝に教わったことは？」

あまりに馬鹿馬鹿しいので、手取り足取り教えてもらいましたと答えると、みんな一斉に息を呑んだ。冗談ですよと付け足すと、不謹慎だと叱られた。

「俺はガセだと思うね」と輪の中の一人が言った。ずっと黙っていた老人だった。「田中正なんて名前の奴は、世にごまんといるだろうよ。家族が本人だと証言したわけでもない」

「だってみんな死んじゃってるんだから、証言しようがないでしょうよ」と扇子を煽《あお》ぎながら身もふたもないことを女が言った。

「私、見ましたよ、高校の卒業アルバムの写真」と手を上げた男に、人々の視線が集中する。「確かによく似てました。でも同級生の証言が妙でしてね、とにかく引っ込み思案で、人前に出るのを嫌がる子だったって」

「人は変わるのよ」

「いや、変わらんね」

「じゃあ自棄《やけ》になったんだわ。余命短いと分かって、思い切ったことをしてみようと思ったとか」

「そういやこのあいだ、具合悪いって」

「あれはただの疲れです」と青年はたまらず口を挟んだ。

「とにかく関中の記事なんざ、信じるに値しない」

「お堅いとこだって、載せてるじゃないさ」

不毛な議論の輪から抜け出そうとした青年に、おい、と老人が声をかけた。

「皇帝は大丈夫か」

そう問うてくれた人がいたことに、青年は安堵を覚えた。そして輪を見渡せば、誰もが青年の答えを、固唾を呑んで待っている。皇帝の正体について色々と思うことはあれど、心配する気持ちはみな同じみたいだ。青年は頷いた。

「今日も皇帝の頭の中は、民のことでいっぱいです」

それは本当だった。少なくとも、青年にはそう見えた。頭を悩ませるのはもっぱら陳情内容についてで、今のところトイレに籠ったり、軍服の着こなしが乱れたりはしていない。山高帽の傾きも、相変わらず几帳面に直している。変化を強いてあげるとすれば、カラスタイムがどんどん長くなっていることくらいか。

今日もまた、そのカラスタイムが始まろうという頃だった。

「明日の視察先だが」窓辺に向かいかけ、皇帝が切り出した。「ブロック塀の多い地域がよい。選んでおくように」

やはり気にしていたのか――。昨日、視察中に通った道で、ブロック塀が倒壊したまま放置されているところがあった。皇帝は近くの家の呼び鈴を押して回った。近衛隊は慌てたが、このところ皇帝はそれをかわすすべを身に付けつつあった。たまに近衛隊をまいたりもする。「三つ先の角で」などと青年に落ち合う場所を耳打ちする皇帝は、呆れるほど生き生きとしている。

もっとも、それは皇帝が一枚うわてだということでは必ずしもなく、連日の正体報道で、近衛隊に参加する者が減少しているせいでもあった。当番制と言いつつも、メンバーはほぼ毎日同じ顔触れとなり、その熱意も明らかに冷めてきている。

倒壊したブロック塀周辺は空き家が多かったが、斜め向かいの家で「はい」と返事があった。出てきたのは腰の曲がった老女だった。彼女は引き戸を開けるなり、「あらあ」と目を丸くした。

「朕は東京帝国の皇帝である」

今や東京で知らぬ者などいないだろうが、皇帝はいつも律儀に名乗った。

「あたしは引っ捕えられるんで？」

皇帝はきょとんと目を瞬いた。身分違いの人に声を掛けられると、人はたびたびこういう反応をする。話がおかしな方向へ進まぬよう、青年は皇帝に「お聞きになりたいことがおありなんですよね？」と水を向けた。付き人にはこういう軌道修正も求められるのだ。

いかにも、と皇帝が頷いた。「塀のことだ。崩れておる」

「通りにくくてすみませんねえ」

「あれでは民が危険だ。なぜ直さぬ」

「あたしは大工じゃないもんで」

「見れば分かる。朕は鋭いからな。塀はいつからああなのだ」

「いつだっけねえ」と老婆は皺だらけの頬をさすった。「最近よく揺れるでしょう。そのたびにちょっとずつねえ。ヒビも入り放題だし、あれはもう駄目だろうね」

「諦めると申すか」

「そりゃ東京ですから」

老婆の一言に皇帝は衝撃を受けたようで、意味もなく杖を振り回し、「だから諦めると？」と唾を飛ばした。

「それ以外にどうしろってんです？　工事業者なんて、そうそう見つからない。材料だってろくにないでしょうよ」

「ならば朕が直す」と皇帝は軍服の袖をまくり始めた。やはり言い出したか、と傍らで青年がため息をつく。

「民を守るのが、朕の務めである」

「そりゃ有難いですけどねえ」と老婆はみじんも期待していない口調で言った。「『薪《たきぎ》を抱きて火を救う』って言葉、ご存知？」

結局、皇帝はそのまま袖を戻したが、それでもやはり「仕方がない」とはならなかった。ブロック塀の多い地域を視察し、解決策を編み出そうというのだろう。だが地名や建物の名前なら一発で検索結果をはじき出せるインターネットも、「ブロック塀」と打ち込むと、その役割やら性質やら材料やらを表示するばかりで、どの地域にたくさん立っているかという情報までは教えてくれなかった。下町に多そうな気もするけれどと、五杯目のコーヒーを飲みながら首をひねった青年は、あ、と漫画喫茶の個室スペースで声を漏らした。

まだ明け方だったので、軽く睡眠を取って時間をやり過ごし、八時になると店の電話を借りた。受話器の向こうから、威勢の良いダミ声が響いた。朝早いことを詫び、国債の礼を改めて言おうとすると「それで本題は?」と四斗辺は促した。いつも話の早い人だ。

「つかぬことを伺いますが、ご近所にブロック塀は多いですか?」

さすがに少しの沈黙があった。

「遠まわしは好きじゃなくてね。皇帝さんは今度は何をしようとしてるんです?」

「遠まわしじゃないのです。ブロック塀の多い地域を探していて」

青年は、前々日の視察での出来事を説明した。なるほど、と四斗辺は言った。

「たしかにあちこち崩れてますな。子供がほとんどいなくなっちまって、早くどうにかせにゃと気を揉む者もいないし、業者も捕まらんからほっぽらかしだ。もうみんな前とは意識が変わっちまってるんです。ゴミは溢れて当然。街中は臭くて当然。郵便は来りゃビックリ。崩れたブロック塀は直すもんじゃなくて、避けて通るもんになっちまった」

「皇帝はそう思っておられません。ゴミの件も、しつこくあちこちに働きかけています」

「そうそう、そういうところですよ」と四斗辺は愉快そうに言った。「だから応援したくなる」

盛大な笑い声のあと、多いかどうか分からんがブロック塀はたしかにある、だからこっちに来るといいと四斗辺は勧めた。

「ついでにうちにもぜひお越しいただきたい。最高級の茶器でもてなしますよ」

こうしてその日の午後、皇帝と四斗辺の初対面が、谷中にあるきらびやかな豪邸で実現した。四斗辺がその瞬間を心待ちにしていたであろうことは、玄関で出迎えた彼の満面の笑みと、廊下に敷かれた赤絨毯から明らかだった。前に訪ねた時にはなかったものだ。いったい今の東京で、こんなものをどうやって手に入れたのだろう。

四斗辺の先導で、皇帝が赤絨毯を進んでいく。三歩後ろを行く青年が、つと立ち止まった。

「どうかされましたかな?」

青年は戸惑い気味に盆栽を見つめた。長い廊下に飾られたものの中で、ひときわ立派に枝を張っている。見事でしょうと四斗辺は分厚い胸を張った。

「外車が余裕で買えますよ。皇帝にぜひ見ていただきたかった逸品だ。いかがですかな?」

さも自慢げな四斗辺の問いに、皇帝は無反応だ。というより、先ほどから何かに気を取られ立ち尽くしている。かと思うと急に四斗辺の脇を抜けて廊下を進み、いくつも戸が並ぶ中から迷わず応接間の戸を引いた。それとともに、バイオリンの音色が聞こえてきた。ティンパニが打たれ、オーボエやフルートが柔らかな音色を加える。

これは――。

「皇帝をお迎えするからには、やはりこの曲かと思いまして」

ベートーヴェン、交響曲第三番。「英雄」。

「昔、イタコをしているという女に会ったことがありましてな」

四斗辺は皇帝たちを応接間に通しながら思い出し笑いをした。

「誰の霊でも呼び出せると言うんで、ベートーヴェンをと頼んだんです。無知なふりして、色々と聞いてやりましたよ。あれはインチキですなあ。だがインチキもあそこまで行くとすがすがしい。実に愉快な経験でした」

インチキ論については暗に皇帝のことを言っている気もして、青年は二人の表情を交互に盗み見たが、四斗辺は腹が読めぬ笑顔だし、皇帝はどことなく遠い目で宙を見つめている。そのぼんやりとしたさまは、四斗辺が目の前で茶をたてる間も続き、青年がいよいよ心配になったあたりで、口ひげがもぞりと動いた。

「イタコは何と言っておった」

茶のことではないのかと、いくらか落胆した様子の四斗辺に、「この曲のことも聞いたのであろう?」と尋ねる。

「楽譜の表紙に書いてあった『ある英雄の思い出のために』の『英雄』とは本当は誰のことなのか、と」

「そんなことは分かり切っておるではないか」

「ナポレオンだと信じていらっしゃる?」

四斗辺は顔の前で大仰に手を振った。

「そりゃありえませんよ。たしかに作り始めた時はそうだったかもしれない。でもナポレオンが皇帝に即位したと知って『奴も俗物に過ぎなかったか』と激昂したって話でしょう。となるとプロイセンの王子だったフェルディナントって説がやはり――」

「無礼者! ナポレオンは俗物などではない!」

突然の怒号に、四斗辺だけでなく青年までもが凍りついた。いきり立った皇帝の顔を見上げると、湯気が立ちそうなほど頬が紅潮している。杖を握る手の甲には青いミミズのような血管が浮いていた。

「ナポレオン・ボナパルトほど偉大な人物はおらぬ! まさに英雄だ!」

「私から見りゃあ、あなたの方がよほど英雄ですよ」

誉め言葉のはずなのに、皇帝はますます眉をつり上げた。

「朕など、朕など、彼とは比べものにならぬ！」

悲鳴のようにそう叫んだかと思うと、今度は急に力が抜けたように椅子にへたり込んだ。

「ああなりたいと願うほど、その姿ははるか遠く思える」

だから「王」でも「天皇」でもなく、「皇帝」を名乗ったのか——。思いがけない真相に青年が拍子抜けしている間も、皇帝はナポレオンへの賛美を続けている。一方の四斗辺は、「皇帝さんがそこまで憧れるんですから、いやはや、ナポレオンってのはすごいんですなあ。私が勉強不足でした」と、すっかり大人の対応だ。出された茶菓子がとびきり美味しかったことも手伝ってか、皇帝の機嫌は次第に直り、帰り際にはついに、「なかなか良き時間であった」とまで口にし、土産の菓子は独り占めするほどの気に入りようだった。

皇帝へのプレゼントはそれだけではなく、翌日、宮殿にレコードプレーヤーが届いた。「英雄」のレコード付きである。おかげで青年は針の落とし方を、漫画喫茶で調べる羽目になった。ついでに、ナポレオンについても検索をかけた。今まで皇帝について検索した時には読み飛ばしたものばかりだ。皇帝がそこまで入れ込む理由を知りたかった。ナポレオンと言えばまず挙げられるのが、軍人としてのとびぬけた才覚だが、争いごとは皇帝からもっとも離れたところにあるように思う。挫折をはねのける精神力に憧れたのか。それとも田舎者といじめられ、暗かったという幼少期に自分を重ね合わせたのか。コルシカ生まれからフランス皇帝に上り詰めるには、相当な努力と運が必要だったに違いない。

フランス？

そうだ、赤尾が報じたところによると、田中正は有給休暇でフランスに行き、失踪したという。となると、やはりその田中正は皇帝本人である可能性が高い。和歌山の郵便局員。家族を不幸に追いやった男。それが皇帝の正体なのだ。

それにしても、と青年は首をひねった。渡仏とナポレオンへの憧れは、どちらが先だったのだろう。

それからというもの、青年は皇帝の言動に、これまでとは別の角度から目を光らせるようになった。ナポレオンの話題を自ら振ったりもした。だが見えてくるのは、皇帝のナポレオンへの崇拝がほとんど盲目的であることくらいだ。「英雄」のレコードにも、もう何度針を落としたか分からない。

ひとつ謎が解けても、また別の謎が生まれるから、青年の足は宮殿を出ると漫画喫茶へと向かってしまう。いい加減パソコンを買おうかと思うけれど、家電量販店があらかた閉店した今の東京ではそれも骨が折れる。それに青年は、漫画の面白さを知りつつあった。このところは検索の合間に読んでいるのか、読む合間に検索しているのか分からない。常連になったことの表れとでも言おうか、今日は見慣れぬ店員に店内ですれ違いしなに「いつもご利用ありがとうございます」と声を掛けられた。上品な中年女性だった。地震予測のことがなければ、生涯こんなところで働くことはなかったタイプに見えた。スーパーコンピューターがはじき出した計算結果は、いったいどれだけの人生を狂わせたのだろう。

あの金髪の彼はどうしたかな、と青年はドリンクバーのスイッチを押しながら思った。このところ見かけない。ついに東京を去ったのだろうか。

——俺はロッカーだから。

お客さん、ずいぶん若いね、と彼に話しかけられたのは、このドリンクバーの前だった。やり方が分からずまごついていた時に、ぞんざいな口調で教えてくれたアルバイト店員の彼は、「逃げないの？」と青年に尋ねたことがあった。東京から、という意味だ。同じようなことをこれまでも何度か聞かれ、いつも適当にごまかしてきたけれど、その時はなぜか素直に答えてしまった。

「僕は最近、こちらに戻ってきたんです」

「物好きだな！」と金髪の彼は痩せた体をダイナミックに反り返らせた。「めっちゃ東京に思い入れがあるんだな。なんかかっけえ」

「そんな褒められた話じゃなくて」

「俺のダチはみんな情けねえ。さっさと大阪にばっくれやがった」

「あなたはどうして？」

東京に残る理由を尋ねた答えが、俺はロッカーだから、というものだった。

学校の教室に並ぶロッカーを思い浮かべ困惑する青年に、「ロックは弱者のための音楽なんだ」と彼は誇らしげに言った。

「だからこそ、俺は東京に残って、ギターをかき鳴らすのさ」

青年はその翌日、ＣＤプレーヤーと、「ロック」に分類されるらしいＣＤ一枚を巣鴨の音楽ショップで購入した。どちらも中古品だったが、聴くのに問題はなかった。店主は青年が皇帝の付き人だと知っていたから、「ロックのＣＤをください」と言った時、皇帝が闊歩する時のＢＧＭにでもするつもりだろうかと思ったらしい。青年自身が欲しいのだと分かると、お勧めの一枚をセレクトしてあげようと張り切りだした。

「君みたいな子が、案外ロックにハマるんだ」

君みたい、とはどういうことだろう。生真面目で、引っ込み思案で、人前に立つのがとにかく嫌いで、根暗な人物？　単語を並べ立てているうちに、まるで和歌山にいた頃の田中正みたいじゃないかと青年は思った。新聞に書いてあった、かつての田中正を形容する言葉の数々は、自分にもれなく当てはまる。ということは、自分もやがてはあんなふうに変わるのだろうか？

ロックと言えば外国なのかと思い込んでいたが、店主が青年に差し出したのは、日本人の男性歌手のものだった。アルバムタイトルの中に「十七歳」という、まさに自分の年齢が入っていたし、シルエットめいた若い男性が高い壁に片手をついて飛び越えているジャケットも気に入り、それを購入することにした。

このところ宮殿にいる時間が増え、漫画喫茶に立ち寄ることも多いから、アパートの自室ではほとんど寝るだけになっている。でもその日から、ＣＤを聴く時間が新たに加わった。アルバムの十曲はバラエティに富んでいて、ロックそのものの定義はよく分からなかったけれど、弱者のための音楽だという金髪の彼の言葉は正しい気がした。酒、バイク、ナンパ、煙草。歌詞に描かれた人物たちの破天荒な生き様は自分とかけ離れているはずなのに、抱えた虚しさや寂しさは同じに思えた。幼少期から聴きなれたベートーヴェンより、僕はこっちの方が好きだ――。

ロック、いいですね。あの金髪の彼にそう話しかける機会は、もう来ないのだろうかと思いつつ、コーヒーを手に個室スペースに戻る。

「ナポレオン」と打って表示される検索結果は膨大だけれど、さすがにこう連日繰り返していると、めぼしい記事はあらかた読んでしまった。「皇帝」と打ち込むと、ナポレオンについてのものが約半分、カラス皇帝についてのものが三割といった具合だ。青年はキーボードの上に指を載せたまま思考を巡らせた。「エンペラー」と書き込んでみる。すると今度は中国の始皇帝の他、天皇についての記事も多く並んだ。つい先日の、終戦の日の全国戦没者追悼式についての記事が多い。前年の「お言葉」から何が変わり、何が引き継がれたか、といったまともな考察もあれば、途中で二度もつかえたのは脳に問題があるせいではとか、座席に戻る際に皇后とやや距離があったのは夫婦仲が冷え切っているからだといった、失礼千万な憶測記事も少なくない。高校野球の開会式で拍手をする天皇皇后の写真も出てきたが、盛り上がりを伝える内容かと思いきや、東京代表校の参加を認めるべきではなかったとの批判が、単なる悪口としか思えない低レベルな論調で書かれている。好奇の目。いちゃもんのような批判。ほとんど妄想とも思える憶測。エンペラーという立場は本当に過酷だ。普通の神経では務まらない。そんな面倒な立場に自ら立とうなんて、いったい田中正という人間は、どういうつもりなのだろう？

家族への償い、という言葉が、青年の脳裏に浮かんだ。自分が失踪したせいで家族を不幸にしてしまったと悔いるあまり、今はもう償うことが叶わない亡き家族の代わりに、民に尽くしているのか？

そう言えば、ナポレオンはどうだったのだろう。ナポレオンの人生を知れば知るほど、その不屈の精神力に驚かされる。皇帝の立場を追われ、島に流され、すべてを失ったかに思われたが、紆余《うよ》曲折《きょくせつ》を経て再び皇帝に返り咲いた。彼を奮い立たせたものはなんだったのか。もしそれが家族への償いだったとすれば、田中正はそこに自分を重ねた可能性もある。

ナポレオンは十六歳の時に父親を亡くし、母子家庭となった。母の言葉だけには、生涯、真摯に耳を傾けたという。晩年を過ごしたセント・ヘレナ島で書き残したものにも、母を賛美する記述が残っている。兄弟姉妹は、早世した者も含めて十二人、あるいは十三人いたらしい。それほどの人数だから、仲たがいは当然あったろうが、ボナパルト家が困窮した時期に必死に家計を支えたというから、決して兄弟仲は悪くなかったようだ。ナポレオンは二度結婚し、複数の愛人がいたという華やかな女性遍歴の持ち主であり、二度目の妻とはうまくいっていなかったという話もあるものの、嫡子はその二番目の妻との間にもうけている。田中正との共通点は見いだせない。ナポレオン崇拝を家族から読み解くのは無理なのだろうか。

天板に頬杖をつき、画面を眺める。その仕草が様になっていないのが、自分でも分かった。頬にあてる手は、握っているべきか開いているべきか、頬のどのあたりにあてればよいのか。こういう仕草にも少しずつ慣れようとしているのだが、板につくには時間がかかりそうだ。頬杖の試行錯誤を繰り返しつつ、マウスをスクロールしていく。画面の中にある日付を見つけ、手を止めた。

六月二十二日。

皇帝を退位し、エルバ島で失意の日々を過ごしたナポレオン・ボナパルトだったが、一八一五年、わずかな手勢を引き連れて島を脱出。ルイ十八世への不満がくすぶっていたフランスに舞い戻った。「兵士諸君、勇気があるのなら、お前たちの皇帝を殺すがいい！」と挑発するナポレオンに、ルイ十八世が差し向けた討伐軍の兵士たちは「皇帝万歳」を叫んでナポレオン側に寝返ったという。そうして再び皇帝となったものの、栄光は長くは続かなかった。二度目の皇帝在位は、約百日で終わる。いわゆる百日天下である。その退位の日が、六月二十二日だった。

日付に目が留まったのは、その日が青年にとっても特別な日だったからだ。田中正が東京帝国建国と皇帝就任を宣言した日である。ナポレオン・ボナパルトが皇帝の座を明け渡した日に、自分が皇帝に――田中正はそう考えたのではないだろうか。ナポレオンの無念を自分が晴らすつもりだったのか。だがナポレオン自身は、息子が即位するのであればと、退位に前向きだったという。とはいえ、譲られる息子の方はどんな気持ちだったろうと青年は慮った。圧倒的なカリスマ性を持つ父からの譲位。不安定な政局。重圧は計り知れない。父から皇帝の座を譲り受けることになったナポレオン二世について検索をかける。記述を読み進める青年の目に、その言葉は飛び込んできた。

――溺れる、溺れるよ！
それは結核により危篤に陥ったナポレオン二世が、死の床で叫んだ言葉だった。

第四章

ナポレオン二世の人生は、あまりに寂しく、哀しいものだった。それは彼の誕生からして決定づけられていたのかもしれない。父であるナポレオン・ボナパルトと母であるマリー・ルイーズの結婚は、典型的な政略結婚だった。マリー・ルイーズは、オーストリア皇帝フランツ一世の娘で、かの有名なマリー・アントワネットの甥の娘にあたる。名門ハプスブルク家と血縁になれば、ナポレオン体制の安定を図れるとボナパルトは考えたのだ。

しかしマリー・ルイーズにとっては、耐え難い結婚だった。フランス革命勃発後、ハプスブルク家はフランスと敵対していて、ボナパルト率いる軍に幾度となく攻め立てられ、ボナパルトは恐怖と憎しみの対象だったからだ。それでも、強大な権力を手にしたボナパルトに望まれれば、従うしかない。四十一歳のボナパルトに、マリー・ルイーズは十八歳で嫁いだ。

翌年、二人の間に嫡子が生まれたが、ボナパルトが一度目の皇帝退位をした時期に、マリー・ルイーズはまだ三歳の息子を連れ、故郷のオーストリアに帰ってしまう。その後、ボナパルトは皇帝に返り咲くものの、かつての勢いはなく、ワーテルローでの敗戦を受け、皇帝退位論が再び噴出。ボナパルトは一八一五年六月二十二日、「わが息子をナポレオン二世の名のもとフランス人の皇帝であると宣言する」として退位した。ナポレオン二世が四歳の時である。

しかしこの皇位継承は、復古王政再開へスムーズに移行させるために周囲が仕組んだ一時的、そして名目的な措置にすぎなかった。七月八日にはルイ十八世がパリに戻り、ブルボン王朝が復活。こうしてナポレオン二世による統治は、たった二週間で幕を閉じた。

だがナポレオン二世の悲劇は、むしろその後の人生にあると言えよう。混乱回避のための名目上の皇帝を終えた翌年、パルマ公国の統治を任された母マリーはパルマへと旅立つが、ナポレオン二世はウィーンから出ることを許されず、幼い彼は父だけでなく母とも離れ離れになってしまう。マリーの父であるオーストリア皇帝フランツ一世が、孫の出国を許可しなかった理由が、可愛さゆえ手元に置いておきたかったということであれば、どんなに良かったろう。だが現実はむしろ逆だった。フランツ一世はナポレオン・ボナパルトを、その卑しい血を、激しく嫌っていた。その息子であるナポレオン二世は、フランツ一世にとって孫である以前に、途方もない屈辱を思い起こさせる存在だったのだ。

だからこそフランツ一世は、孫からボナパルトの痕跡を徹底的に消そうと試みた。「ドイツ国に養育されたオーストリアの子孫」に生まれ変わらせようとしたのだ。それは過去を消し去る作業でもあった。「現在に至るまで形作られてきたものの存在を、彼に思いださせる可能性のあるものを、すべて遠ざけることが必要である」とまでフランツ一世は書いている。六歳になると、名前をドイツ風の「ライヒシュタット公」と改めさせた。フランスから来たお供の者たちを次々に解雇し、選び抜いた家庭教師をつけた。ディートリヒシュタイン伯爵という、軍人と作曲家の顔を持つ男で、ベートーヴェンの友人でもあったという。彼はフランツ一世の意に沿うべくライヒシュタット公を教育した。だがライヒシュタット公は、日に日に父への興味を強めたという。父はどんな人なのだろう？　なぜ一緒にいられないのだろう？　僕のことを愛してくれているのだろうか？

父を強く求めるようになった背景には、母・マリーへの失望もあったようだ。母はボナパルトが没落するや、すぐさま「フランス皇后」の称号を放棄し、ナイペルクという伯爵と恋仲になり、彼との間に子までもうけている。離れ離れになった母の愛はもう自分にはないのだと、まだ十代にもならないライヒシュタット公は、絶望に近い思いを抱いたに違いない。

だから父を求めた。彼は朝と晩の祈りの際に、いつもまず父の名を叫んだという。周囲の者たちにボナパルトのことを聞き回り、関連する本もむさぼるように読んだ。だが父がどのような人物か知りつつあった十歳の時、衝撃的な知らせが届く。

ナポレオン・ボナパルトがセント・ヘレナ島にて死去した、と。

これ以降、ライヒシュタット公は父の名を口にしなくなった。それは父との決別を意味したのではなかった。自分がボナパルト家の当主になったことを、帝位継承権者であることを強く自覚し、ふさわしくなろうという成長の表れだった。機会を見てフランスに帰国を果たし、父の後を継ぐ決意を固めたらしい言動も、この頃から見られるようになったという。二十歳の頃に軍隊に入隊し訓練にいそしんだのも、軍功輝かしい父の影を追ってのことだろう。

だが厳しい訓練は、丈夫とは言えない彼の身体を蝕んだ。結核が悪化し、呼吸困難と食欲減退に苦しんだ彼は、目に見えて衰弱していった。そして一八三二年、ついに危篤に陥ってしまう。母・マリーがようやく駆けつけたが、彼の意識はもう混濁していた。そして死の床で彼は叫んだ。

溺れる、溺れるよ！

幼くして父と、そして母とも別れ、自らの過去さえ消されようとしたライヒシュタット公は、二十一歳で人生を終えた。

四年後に迎える年齢じゃないかと、青年は簡単な引き算の結果出てきた数字にため息をついた。

そしてふと思う。ナポレオン二世は、ため息を許されただろうか。

ため息はいけません。あなたのため息ひとつで、多くの者が縮み上がるのです。いったい何が不満なのだろう、それは私のせいだろうかと。容易に口さえきけぬ相手の一挙手一投足を、人々は息を詰めて見守っているものなのです。だからどんな言動も、決して不用意にしてはなりません――。

そんな風に、ナポレオン二世はディートリヒシュタイン伯爵から厳しくしつけられたかもしれない。戦争があった時代だけに、一つの言動が深刻な事態を招きかねず、その窮屈さを思うだけで体が強張った。それを振りほどくように、青年は膝を打った。

これではっきりとしたじゃないか。皇帝を読み解くうえで重要なのはやはりナポレオンだが、それは一世ではなく二世の方だ。ボナパルトを擁護し、賛美の言葉を並べ立て、交響曲「英雄」に放心した皇帝の態度は、まるで父に心酔するナポレオン二世の態度そのものと言える。となると問題は、皇帝が、田中正が、なぜそこまでナポレオン二世に入れ込んだのかということだ。

それからというもの、皇帝の言動に注意を向け、その問いの答えを探し続けた青年だったが、時折、無駄骨なのではと思うことがある。皇帝はしばしばひどく子供じみて、真相などそもそもないのではという気がしてくるのだ。拗ねる原因は相変わらず近衛隊のことが多かった。まだしつこく、というかありがたく、皇帝を守ろうという民は数人いて、夜も宮殿前で待機している。

「あれでは風呂に行けぬ」と皇帝が言い出したのは、飛行機がめったに離着陸しなくなった羽田空港の視察から戻ってすぐのことだった。

風呂とは、近くの銭湯のことである。アパートには共同のものがあり、大家しか住んでいないため使いたい時間にほぼ利用できるのだが、何しろ狭い。しかも鍵が壊れている。誰かが入ってこないよう、念のため青年を戸の外で待機させているのだが、自分で命じておきながら、待たれているとゆっくりできないと文句を言う。不満たらたらの皇帝はある日、視察中に銭湯なるものがあることを知り、その浴場の大きさにいたく感激した。これこそ朕にふさわしい、と。調べてみると、宮殿から歩いていける距離に一軒、まだ営業中の銭湯があることが分かった。皇帝にお入りいただけるならその時間は貸し切りにすると店主兼番台は言う。そこで残る問題は、近衛隊というわけだ。彼らは浴場の中にまで付いてくるだろう、それでは満喫できぬというわけだ。

「影武者というのを知っているか」

皇帝がそう切り出した瞬間、青年は嫌な予感がした。「知りません」と拒絶の意で答えたが、皇帝は「朕の代わりなど、大変な栄誉であるぞ」と譲らない。

「僕はあいにく、栄誉に興味がありません」

むしろげんなりしているくらいだ。

だが皇帝は青年に顔を寄せ、あるいは体を引いて全身を見渡し、「よく見ると、朕に似ておる」とまで言い出した。一日中歩き通しで疲れていたこともあり、青年はいい加減、頭にきた。風呂くらい、おとなしく入ってくれ。

「似ていません。皇帝も似ていらっしゃいません」

皇帝は困惑顔になった。「誰にだ?」

「ナポレオン二世に、ですよ」

その名を口にするつもりはなかった。もっと折を見て、ここぞというタイミングで切り出すべき事柄だと分かっていたのだが、疲れがブレーキを壊したらしい。

「なぜ彼なのです?」もう止まらなかった。「ナポレオン二世を、どうしてそこまで意識されるのですか?」

「朕は誰も意識などしておらぬ」と皇帝は気色ばんだ。

「フランス行きと何か関係があるのですか」

「朕は外国訪問などまだしておらぬではないか」

「皇帝になられる前のことです」

「朕は生まれながらの皇帝である」

「だったらわざわざ皇帝就任宣言などする必要ないですよね? 新聞に広告まで出しておいて」

「あれは広告ではない。声明である」

「そんなのどっちでも構いません。僕が聞きたいのは、あなたが――」

あなたがただの田中正だった時のことです。和歌山の郵便局員だったあなたにいったい何があって、皇帝を名乗るまでになったんです？

言えなかった。その問いは、どうしても青年の口から出てこなかった。代わりに出たのは、まんじゅう、という言葉だった。

「……まんじゅうを、いくつかいただけますか」

きょとんとする皇帝に、だから銭湯ですよ、と青年はぶっきらぼうに続ける。

「近衛隊の方たちにお茶をふるまってきます。そのあいだに抜け出してください。角部屋の玄関の鍵が壊れているので、その窓から出られるはずです。お戻りの際も、そこからなら気づかれないかと」

皇帝の目が途端に生き生きと輝き出した。この目に僕は弱いのだ。

「必要なものがあれば、番台さんに仰ってください。この間のねじり鉢巻きの男性です」

料金はたしか二百円だった。地震予測後に客が減り泣く泣く値下げした、そのうち百円銭湯なんてことになるかも、と番台は力なく笑っていた。がま口を開け、「向こうは受け取らないかもしれませんけど」と百円玉数枚を皇帝に差し出す。それを入れた軍服のポケットをそっと上から撫でると、「次はともに参ろう」と弾んだ声で言った。

献上品の日本酒とまんじゅう、それに湯飲み二つを段ボールに入れ、宮殿を出た。近衛隊の二人は、外壁にもたれて煙草をふかしながらぼそぼそと話をしているところだった。結成当初の緊張感はもはやなく、青年が差しだすと「こりゃひどい取り合わせだなあ」と文句を垂れながら次々にまんじゅうを頬張り、日本酒で流し込んだ。背の低い方が、お前もどうだとばかりに瓶を差し出してくる。やはり未成年には見えないのだなと思いつつ、まだ仕事があるからと、明かりのついた部屋を、さも中に皇帝がいるかのように指し示したが、「しばらくはいいんだろ」と言われてしまった。すべてを見抜いての言葉なのか、ただ単にさぼりを勧めただけなのか。どちらにせよ、彼らのやる気のなさを咎める気にはならなかった。守る相手が自分たちをあからさまに嫌がっているのに、熱意を持ち続けるのは難しいだろう。背の高い方が持っていた日本酒の瓶を、青年は半ば奪うようにし、口をつけてラッパ飲みした。焼けつく感じが喉を降り、胸に広がっていく。口の端から垂れたしずくを、手の甲で拭ってみた。酒よりもむしろその仕草に、大人の階段を上った感覚を青年は抱いた。

酒での失敗談を耳にするたび、不思議でならなかった。無理やり飲まされたならともかく、醜態をさらすほど自ら飲むなど、まったく理解ができない。だが初めてアルコールを口にし、ひとり宮殿に戻った青年は、ぐるぐると回る床の木目を眺めながら、なるほどと納得した。これではまっすぐ歩くことすら難しい。気まぐれに明滅する蛍光灯が、さらに酔いをひどくする感じがして、たまらずにスイッチを切った。それはまるで自分の交感神経のスイッチでもあったかのように、眠気が一気に襲ってきた。外の空気で目を覚まそうと窓辺に向かいかけ、体のふらつきに耐えきれずへたり込み、ベッドの脚にもたれかかった。

まるで病院の診察台みたいな硬いベッドだ。これでは良い夢など見られまい。

溺れる、溺れるよ！

そう呻いた皇帝の苦しげな顔が脳裏をよぎった。それはまさに、臨終間際の人間が生に縋《すが》りつこうとする姿のようだった。あれが演技だとは思えない。となると皇帝は、ナポレオン二世になり切っていることになる。

いったいなぜ、という推理が、酔いの中でまともに展開するわけもなかった。青年はすぐに寝息を立て始めた。変な眠りだった。どうしても起きていられないのに、眠りは浅く、意識と無意識の狭間を、それこそ千鳥足のような感じで行き来する。闇の中で頭をもたげ、皇帝が戻るまでにはシャンとしなくてはと思うのだけれど、すぐまたとろんと瞼が降りてくる。そうこうしているうちに、ノブが回る音がした。思ったよりも早く帰ってきた。近衛隊に気づかれぬようそっと回しているのだろうが、真鍮《しんちゅう》のノブがガタついているせいでカタカタと鳴った。直しておくよう言ったではないかと、入ってくるなり小言を言われそうだ。銭湯はどうでしたかと先手を打って尋ねようと、瞼をこすりながらぼんやりと思っていた青年は、ふと背後に人の気配を感じた。しかも、一人じゃない——。

振り返ろうとしたまさにその時、視界が真っ暗になった。頭から何かをかぶせられたらしい。布製のものだ。外そうとした両手もあっけなく後ろ手で縛られ、焦る間に足の自由も奪われた。

火事だ、と青年はくぐもった声で叫んだ。何かあった時は、助けてと言うと人々は怖がって出てこないけれど、火事だと叫ぶと様子を見に来るらしいと、あいつが教えてくれた。火事だ、火事だ、火事だ！

体がふわりと宙に浮いた。

「大人しくなさってください」

地の底に響くような声に、青年は震え上がった。その時、「どうした？」と声がした。先ほどの近衛隊の片割れだ。青年は腹に力を込め、助けて、と叫んだ。一瞬の静寂の後、ガラスが割れる音が響いた。「てめえ！」と怒鳴る声を、青年は何者かに抱え込まれながら聞いた。

「残念だな。そいつは皇帝じゃないぜ！」

直後、体が下ろされた。おそらくベッドの上だ。そして気配が消えた。待て、と叫ぶ声が、窓から何かが落ちる音とともに聞こえた。もがくうちに頭から覆いが外れた。近衛隊の背の低い方が、ガラスの破片が散らばる窓辺にうずくまっていた。落ちた時に腕に刺さったらしく、苦悶に顔を歪めている。廊下の方から足音がしたが、それは間もなく入ってきた背の高い方のものだった。彼がつけた蛍光灯に照らされた室内は、机の位置がずれ、丸椅子が倒れているくらいで、思ったほど荒れておらず、そのことが逆に恐ろしかった。手慣れた者の犯行ということか。「どっから逃げやがったんだ」と舌打ちする近衛隊の傍らで、青年はうずくまり、震える体をさすり続けた。脳裏には、「大人しくなさってください」という犯人の一言が、何度もこだましていた。


「しかしここまでやるとはな」

翌日の夜、緊急招集された近衛隊のメンバーたちは、リーダーである鼠野《ねずみの》が経営する海苔屋の店の奥で顔を寄せ合った。鼠の名にふさわしく小柄だが空手は黒帯で、護衛の際もひときわ張り切る男だ。

「それだけ皇帝の力を恐れているってことよ」

「さっさと東京からトンズラしたに違いない」

「捜査してくれったって、今やお飾りの老人が交番にいるだけだしな」

「犯人逮捕より、皇帝の護衛に力を入れるべきだ」

「でも、プロっぽかったんでしょう？」

「あっという間に消えちまった」

「素人の私たちが守り切れるかしら」

「そう言ったって、残ってるもんでどうにかするっきゃないだろうが」

「大丈夫さ。素人か玄人《くろうと》かなんてことより、皇帝を思う気持ちが強い方が勝つ」

むちゃくちゃな精神論だと、ひとり輪に加わらず、店の隅で聞いていた青年は顔をしかめた。素人と玄人の差は歴然としている。実際に拉致《らち》されかけたからこその実感だ。

「で、皇帝の様子は？」と鼠野が青年に声をかけた。

昨夜、犯人たちが逃走してから五分も経たないうちに、皇帝は銭湯から帰ってきた。もし番台が浴場の壁に描かれた富士山自慢をもっと短く切り上げていたら、あるいは皇帝が風呂上がりのコーヒー牛乳をおかわりしていなければ、犯人に出くわしたかもしれなかった。近衛隊の二人が割れた窓ガラスを片付け、青年が震えている有り様に、さすがの皇帝も戸口で立ち尽くした。これから護衛を厳重にしなければならなくなるのは明らかで、皇帝にそれを受け入れてもらうためにも、青年は事実を話すことにした。

青年の説明を、皇帝は黙って聞いていた。一言も口を挟まなかった。そして、覆いをかぶせられたせいで髪がボサついた青年の頭をじっと見つめ、「すまぬ」と呟いた。すぐさま「ほれ、やはり朕とお前は似ているのだ」と杖で床を叩きながら照れ隠しを言うところがなんとも皇帝らしく、思わず苦笑した青年は、ようやく体の震えが収まったのだった。

宮殿で起きたこの事件は、近衛隊から情報を入手したらしい東京新報が報じ、瞬く間に東京中に知れ渡った。犯人はどこの県の者かという推理合戦が繰り広げられ、大方の予想は一致した。

「中央」の仕業だと。

皇帝がいるせいで、人々が東京に居座り続ける。東京は日本とは別の国だとまで主張しだす始末だ。このままでは、日本の新しい船出に邪魔だ。だから皇帝を排除しようと中央は考えた。明治時代、東京への遷都はなされていなかったなどという詭弁を持ち出し、それを押し通してしまうほど強引な手を駆使する者たちだ、手荒な手段を選ぶのも不思議はなかった。

だったらこっちも黙っちゃいられない――。

そういった民の声は、日に日に強まった。もともと東京をあっさりと見捨てた人々への恨みつらみがくすぶっていた状態だったので、いったん火がつくと燃え上がるのは早かった。いまだに日本の首都という地位を諦められずにいた人々も、自分は東京帝国の民だと胸を張るようになった。民の団結と言えば聞こえはいいが、彼らに漂うある種の高揚が、青年には気持ちが悪かった。皇帝自身は何も変わっていない。毎朝定刻に起き、飽きもせず宮殿周辺を散策し、午後になれば各地を視察し、民と交流を図る。宮殿に戻れば献上品を頬張り、陳情内容に頭を悩ませた。そのルーティーンだけ見れば平穏そのものだけれど、外に出れば皇帝を取り巻く空気は殺伐としていて、皇帝はどことなく居心地が悪そうだった。そして夜のカラスタイムは、長くなる一方である。

東京におけるこれらの変化は、危険な兆候として他県で報じられた。特に、皇帝拉致未遂事件の首謀者がいると噂される関西では、言いがかりも甚だしいと人々が怒り、赤尾のいる関西中央新聞を中心に、東京批判が増すばかりだ。それを受けて東京が怒り、他県がやり返すというむなしい非難合戦が、張本人である皇帝を置き去りにして繰り返されている。

やがて青年は気になる噂を耳にした。東京の民が、決起集会をやるという。

「われらの団結を示すべきだ」

近衛隊が盛り上がっているのは知っていたが、皇帝への出席要請は来ていない。念のためネットで決起集会について検索をかけたが、サッカーや春闘など見当違いな記事ばかりがヒットした。この程度なら、お祭り騒ぎが好きな者たちが集まるだけだろう。無理に止めようとすれば、我々がこんなに必死なのにと、怒りの矛先が皇帝に向くこともあり得る。ガス抜きになって、むしろ逆に事態が鎮静化するのではと青年が珍しく楽観視したのは、実のところ、他に気になっていることがあるからでもあった。

だがその楽観を、青年は激しく後悔することになる。

決起集会の日、青年は念のため様子を見に向かった。開始時刻が十七時に設定されたのは、人々が仕事帰りに集まれることと、ねぐらへ戻るカラスの大群が夕暮れの空を飛ぶ時間帯だからだろう。国債にも描かれたカラスは、今や、皇帝を象徴する大事なシンボルとなっていた。

場所は旧国会議事堂前。皇帝が就任宣言をした場所だ。仕事を終え宮殿を出た青年は、電車の車内で、早くも嫌な予感がしていた。乗客がやけに多い。しかもみな、黒い服を着ている。駅に停まるごとに増え続けた乗客は、東京駅で一斉に下車した。改札の行列の最後尾につきながら、青年は呆然としていた。これは、とんでもないことになるかもしれない。手を打つべきだった。ネットの検索にほとんど引っかからない不自然さに、なぜ気づかなかったのだろう。他県の者たちの妨害を防ぐため、民は人づてに決起集会の情報をやり取りしていたに違いない。

旧議事堂前は、人で埋め尽くされていた。正門はこじ開けられ、玄関前庭にまで人がなだれ込んでいる。東京は閑散としていると思っていたけれど、散らばった人を一か所に集めれば、これほどになるのだ。ところどころに掲げられたのぼりには、「皇帝万歳」というものが多かったが、「徹底抗戦」など過激なものもいくつか見受けられた。

後方でそっと様子をうかがうつもりだったが、あとからあとから人が来て、青年はたちまち黒い群衆に飲み込まれた。熱に浮かされた人々に方々から押され、もはや自分で立っている感覚すらもない。浮かせた足の下ろし場所を見つけることも難しく、前の人の肩が頬に食い込んだ。ああ、噂に聞いた満員電車もこんな感じだったのかもしれない、と人いきれでぼんやりとした頭で青年は思った。

開始時刻が近づくにつれ、首にかかる誰かの息が、半袖での腕に触れる誰かの肌が、さらに熱を帯びていく。夕方といえどまだ明るい。昼間の強烈な日差しがしつこく残っている。全身から汗が噴き出るけれど、もはやそれを拭うために腕を動かすこともままならない。

前方で野太い声がいくつか上がった。中央玄関へと続く階段前に、土筆《つくし》のように顔が出た。鼠野だった。手にスピーカーを持っている。近衛隊も、その背後に壁のようにずらりと並んだ。

「東京帝国の皆さん！」と鼠野が呼びかける。群衆はさらに前へと雪崩を打った。

「我々はずっと我慢をしてきた。滅びゆく街にしがみつく、往生際の悪い、意固地な馬鹿者だと笑われ、冷遇され、非難されても、歯をくいしばって耐えてきた。でも皆さん、もうやめましょう。いい加減、声を上げようではありませんか。我々には好きな土地で生き、好きな土地で死ぬ権利がある！」

そうだ、とそこかしこで声が上がった。

「危険だと言われてさっさと逃げるような奴らに、我々が負けるわけがない！」

「徹底抗戦」ののぼりが勢いよく揺れる。

「敵が我らの皇帝を狙うなら、我々は断固それを阻止する。場合によっては、こちらからの攻撃もやむなしと考える。東京帝国の意地を見せてやりましょう。我々の手にあるのはかつての栄光ではなく、これからの栄光だ。そしてここは旧議事堂などではない。東京帝国の政治をこれからもつかさどる場として――」

旧議事堂の方を勢いよく振り仰いだ鼠野が、ふいに黙り込んだ。指は中央玄関のあたりを指し示したままだ。どよめきが前方から広がってくる。不安げに辺りを見回した青年は、同じように何事かと背伸びをする人々の隙間に、覚えのある横顔を見つけた。

関西中央新聞の赤尾だ。

やはり取材に来ていたか。切れ長の目は、むしろ横からの方が一層鋭く見える。不敵な笑みを口元に浮かべ旧議事堂を凝視するその横顔に、総毛立った時だった。

青年の耳が、聞き馴染んだ音を捉えた。まさか、と視線を戻した青年は、中央玄関の列柱の陰から現れたシルエットに息を呑んだ。ゆっくりと階段を下りてくる。どよめきが潮のように引き、杖の音はさらにくっきりと響き渡った。いつも通りカラスタイムに入り、あとは静かに宮殿で過ごすものと思っていたが——読みが、甘かった。

踊り場で立ち止まると、皇帝は杖を持った手を高々と掲げた。その仕草ひとつに、群衆が沸いた。万雷の拍手が起こり、皇帝は笑みを浮かべ何度も頷いた。

「朕は嬉しい」

青年は不思議だった。皇帝就任宣言のあの日、十五人ほどの野次馬相手にそれほど響かなかった声が、スピーカーもなしに群衆の隅々に行き渡っている。

「なぜならこんなにも多くの民の顔が見られたからだ」

皇帝万歳の声があちらこちらで上がった。だが青年は、皇帝が顔を曇らせたことに、誰よりも早く気がついた。

「朕は悲しい」

思いがけない一言に、血気盛んな掛け声が止んだ。

「なぜなら朕は争いごとを好まぬからだ」

振り上げられた数々の拳が、行き場をなくしたように降ろされていく。

「冷静になりなさい」

穏やかだが毅然としたその一言は、これまで青年が聞いた皇帝のどの言葉より皇帝然としていた。そのことに感動すら覚えたが、カッカッと、それこそカラスが鳴いたかのような笑い声がどこかから聞こえてきた。もしかして、と顔を向ける。

赤尾だった。その笑い声はどんどん大きくなり、周囲の人々は不気味そうに距離を空けた。

「『朕は悲しい』だと？」

赤尾はついに腹を抱えて笑い出した。そしてひとしきり笑うと、後ずさる人々をぐるりと見渡し、その顔の一つ一つを指差した。

「節穴、節穴、節穴。どの目もちゃんと見えてんのか？」

「あんた、東京のもんじゃないな」

「日本の者さ。あんたらもそうだろう？」

「我らは東京帝国の国民だ。皇帝の忠実なる民だ！」

「何が皇帝だ！」赤尾はせせら笑い、皇帝を指差した。「あの男は、あんたらと何ひとつ変わらない平々凡々な、ただの庶民に過ぎないんだぞ」

無礼だぞと野次を飛ばした男を、赤尾は鋭く睨みつけた。

「あんただって、田中正についての記事をむさぼるように読んだ口だろ？　で、がっかりしたんだ」

そんなことはない、と言い返す男は、明らかにムキになっている。

「マスコミは嘘ばかりだ！」

「認めたくない気持ちは分かるさ。何かにすがらなきゃやってられねえもんな？　だから誰かを担ぐ必要があった。いわゆるお飾りってやつだ」

でもそれなら、と赤尾は続けた。

「あんたら、人選を間違ってるぜ」

取り囲む人々は、困惑げに顔を見合わせた。

「エンペラーは、たしかにあんたらのそばにいる」

いくつもの顔が、皇帝が立つ議事堂の方へ向きかけた時だった。

「そっちじゃねえよ」と赤尾が言い放った。

「どうせ飾るなら、本物のエンペラーを担げ。まあ、正確には次期エンペラー、だがね」

そう言うと、赤尾はゆっくりとその顔をある方向へと向けた。人々が視線を追う。

そこに立っていたのは——青年だった。

「透宮《ゆきのみや》様。外の世界はさぞ滑稽でしょう？」

そんな馬鹿なと、誰もが笑い飛ばそうとした。天皇の息子が、まさかこんな場所にいるはずがない。だが言い放った男の目は確信に満ち、青年は天を仰ぐようにしている。人々は透宮の顔を必死に思いだそうとしたが、幼少期より病弱だとして表舞台にほとんど出てこなかった双子の兄の方の近影を知る者はなく、代わりに浮かぶのは、積極的に公の場に出席する弟の智宮《とものみや》ばかりであった。

呆然と立ち尽くす青年は、目鼻立ちのくっきりとした、華やかなオーラをまとう智宮とは対照的と言えた。体つきは、風に飛ばされそうなほど細く頼りない。眼鏡の奥の目は、おどおどとした小動物を思わせる。影のような存在の付き人としては最適と言えそうな印象の薄い顔立ちのこの青年が、次の天皇？

半信半疑の人々は、だが次第に青年に、ろくに言葉を発さず、皇后の後ろに隠れてしまう幼子の面影を見いだし始めた。いつも居心地が悪そうで、記者の質問にも首を縦か横に振るだけだった。これでは記事にしようがないと記者たちが困り果てていると、きまって弟が愛嬌たっぷりに何かを言い、天皇と皇后は父母としての自然な反応を見せ、記者たちはその様子に筆を走らせる。そのあからさまな陰と陽を、そしていつの間にか表舞台から消えてしまった「陰」の人を記憶の片隅から引っ張り出し、黒い群衆に囲まれている青年と見比べ、ああ、やはりこの人なのだと、人々は納得した。

万歳、と誰かが言った。

「天皇家は、我々をお見捨てにはならなかったのだ！」

鼠野のスピーカー越しの声に、歓声が上がる。万歳の声は瞬く間に広がり、その上下する無数の手のひらはすべて、青年へと向けられていた。

逃げ場はなかった。助けを求めるように青年は辺りを見回したが、地響きのような声を轟かせる群衆のどこにも、黒い羽根飾りは見当たらなかった。

第五章

四十八枚、四十九枚、五十枚、五十一枚……。数えたくもないのに、どうしてもその顔が目につ
いてしまう。「お尋ね者」という派手な文字とともに刷られた皇帝の顔写真が、いたるところに貼
られていた。
いったいどこへ行ったのだ。毎日視察をするのではなかったのか。倒壊したブロック塀はどうす
るのだ。
巣鴨駅に着き、いつもの売店に向かう。東京新報を一部手に取り、代金を差し出すと、店員は禿げた頭頂をつき出すかのように低頭し、両手で恐る恐る受け取った。顔すらまともに見ようとしない。両隣には、近衛隊が控えている。皇帝ではなく、自分を守るために。
素性を知られれば、こうなると分かっていた。だから嫌だったのだ。
しかも自分に対する人々の態度の変化は、皇帝への手のひら返しと対になってしまったようだ。あれほど皇帝を慕っていた民たちは、そんな過去をすっかり忘れ去ったかのように、あの男はペテン師だと声を揃える。自分たちを騙し、さんざん飲み食いしたあげくにトンズラしたならず者だと。その壮大な芝居の一翼を担ったと見なされた東京新報は、慌てて一面に声明を出した。弊社も被害者である、と。
田中正なる人物が東京新報本社に現れたのは、就任宣言をする前日だったという。黒い軍服に山高帽といういつもの格好だったらしい。杖をつきながらつかつかと記者に近づき、これを明日載せるようにと差し出した文章こそ、透宮が電車内で目にしたあの就任宣言の三行だった。
これは面白くなりそうだ、と記者は直感した。何より、演技をしている感じが一切ないところが良い。どんな質問をしようと、返ってくるのは皇帝としての言葉で、事前に設定を頭に叩き込む程度で生まれるものではなかった。頭のネジが緩んでいるのだろう、というのがその場にいた記者た

ちの見立てだったが、他社にないネタを探していた彼らにとっては、格好の獲物が自ら飛び込んできたようなものだった。皇帝を目の当たりにしていない幹部たちは難色を示したけれど、東京新報の部数を上向かせる起爆剤として利用できるかもしれないという説得に折れる形となった。少しのあいだ試して、反響が無いようならやめれば済む話だ。

だが、反響はあった。まず「皇帝動静」についての問い合わせが増えた。記者たちは取材先で聞かれた。「あれはいったい、何なんです?」と。そしてジリ貧だった部数が伸び始めた。それは他紙の、「新たな日本」の船出を祝すような論調に嫌気がさしたせいかもしれなかったが、問い合わせ内容の大半はやはり「皇帝動静」についてだったし、そのコーナーのファンだと言い出す者まで現れた。

まさに救世主だったんです、と決起集会の翌日、「皇帝動静」の担当記者はネクタイを締めたスーツ姿で宮殿を訪れて言った。

「東京の話は暗いものばかりですし、他県の話題は嫌がる読者も多い。海外ネタに逃げようにも、金のないウチに独自取材は無理ですから、特色など出しようがない。その点、皇帝ネタは本当に楽でした。行動範囲は東京内に限られ、記事にしやすい発言をしてくれ、読者受けもいい。コストパフォーマンスとしては最高だったんです」

コストパフォーマンスという表現に眉をひそめた透宮を見て、記者は慌てて謝罪した。これまでの電話でのぞんざいな口ぶりが嘘のような殊勝な態度だ。

皇帝に恩義を感じているのならなおさら、直接話を聞くまでこのような声明は控えるべきではないか――そう毅然と言いたかった。だが透宮の唇は動かない。自分の一言が、どれほど相手を萎縮させるかを知っているからだ。

四斗辺のように、自分で何かを成し遂げたわけではない。ただ生まれ落ちただけだ。そこがたまたま天皇家だったがためにひれ伏され、重い言葉として受け止められる。それが我慢ならないのだ。だから呑み込む。腹の底から湧いた言葉たちを。ありのままの感情を。

自分はクビが飛ぶのではと戦々恐々と宮殿を後にする記者のぎこちない足音が、三日経った今でも耳に残っている。誰もいない宮殿に入り、新聞を皇帝の机に置くと、透宮はため息をついた。

ため息。

母や侍従長の柴田《しばた》から、ついてはならないと口を酸っぱくして言われ続けたそのため息が、今は気づくと口から漏れている。この半年ほどの東京生活で、もっとも早く身に付けたものかもしれない。その半年のことを、あるいはそこに至るまでの日々を、あの記者は聞き出したかったのだろう。だからわざわざ宮殿に来たのだ。それでも結局、切り出せぬまま退散した。やりきれなかった。自分が言葉を呑み込んだ理由も、相手が聞けぬまま立ち去った理由も、すべては自分が天皇家の者という一点に帰結するのだ。

納得などは端《はな》から諦めている。だが皇帝のことだけは諦めがつかなかった。だからこうして宮殿に通い続けている。毎朝買うように言われた東京新報を手に。だがその見出しはどれも容赦がない。

「皇帝を名乗る男、逃走」

「二か月半、東京各地で無銭飲食。献上品を詐取」

「国債発行詐欺」

透宮は小机の引き出しを開けた。国債の束が端を揃えて入っている。この国債こそが、皇帝を信じたい気持ちを揺るがせた。額面はたった千円だけれど、発行した五百枚はすでに売れ、新たに三百枚刷ったところだ。皇帝が姿を消して以降、四斗辺の豪邸に、国債の換金希望者が列を成しているという。昨日電話したところ、四斗辺は「気にせんでください。これもまた一興。私は皇帝を信じますよ」と威勢の良い声で言っていたけれど、電話越しに聞こえてきたクラシックは、ベートーヴェンの「英雄」ではなかった。

たとえ心の奥底に疑念があろうと、人は「信じている」と口にする。だが天皇家の人間は、百パーセント信じていることですら、その言葉を口にできないことがある。そういう不自由さが嫌だった。京都の御所を抜け出した時に、これまでの自分も、天皇家としての生き方も、すべて置いてきたつもりだったのに、長年染みついたものはそう簡単には消えてくれない。

皇帝を信じ切ることも、信じていると言えないことも、透宮を苦しめた。自分ができることは、どうやらひとつしかなさそうだ。皇帝が捕らえられた時に、許してやってほしいと民に頼むことである。民の憤りは激しい。すがるように慕っていたからこそ、真逆に振れた今は、手が付けられない状態だ。法治機能が失われつつある今の東京では、どういった罰が科されるか分かったものではない。だからこそ透宮は宮殿に通い続けている。皇帝の情報をいち早く摑み、迅速に手を打てるように。決起集会の時みたいに、事態を甘く見て後悔することだけはなんとしても避けたかった。

一日一日が、途方もなく長く感じた。アパートの電話が鳴るたびに飛びつくけれど、そのほとんどは皇帝ではなく、透宮自身への至極丁寧な取材依頼だった。表には常に近衛隊がいる。拉致未遂事件の時のあの二人も、今は目を合わせることすら失礼に当たるとでもいうように伏し目がちに直立し、全身に緊張をみなぎらせている。未成年の透宮に酒を勧め、共に飲んだ事実は、おそらく墓場まで持っていく気だろう。

日が暮れると、透宮は窓辺に立った。そして闇の中のカラスたちに呼びかける。皇帝はどこにいるのだ？　元気なのか？　もう宮殿には戻らないのか？　付き人は必要ないのか？　なぜ、姿を消したのだ？

それは僕がエンペラーの息子だと知ったからか？

カラスは盛んに鳴くけれど、透宮はもちろんその意味までは分からない。心はざわめくばかりだ。だからいつも最後に、まじないのようにこう呟いて終わる。

皇帝はまた戻ってくる。決して、さよならじゃない、と。

この日もそう唱え、小机に戻りかけた時だった。カラスの鳴き声が止み、ふいに静寂が訪れた。透宮は息を呑み、窓辺に駆け寄った。月明かりが照らす通りに目を凝らす。杖の音が、まもなく聞こえてくるのでは——。

だが耳が拾ったのは、かすかなエンジン音だった。暗闇の一部から分離するように黒い車体が近づいてくる。透宮は天を仰いだ。

やはり来てしまったか。

黒塗りの車はゆっくりと減速し、宮殿の前で停車した。助手席のドアが開く。降り立った白髪の男に、透宮は目を疑った。整えられた髪型も、スーツの着こなしも、ピンと張った背筋も、以前と何も変わらない。この四年、東京では見かけなくなった高級車を困惑げに見つめる近衛隊の前で立ち止まり、腰から折れる美しい会釈をすると、男は窓辺に立つ透宮に体を向けた。その口が開かれる前から、「透宮様」と呼ぶ落ち着き払った声が聞こえた気がした。幼い頃から、指針を示し続けたその声を。

「お迎えに上がりました」

待ってくれ、柴田。皇帝が戻るまで。せめて、皇帝の行方が分かるまで——。

だがやはり、透宮は言葉を呑み込んだ。身分がバレてしまったら御所に戻る。それは家出の際に弟と交わした約束のひとつだ。

窓を閉め、部屋を見渡す。ここに戻れるときは来るだろうか。小机にあるスケッチブックに伸ばしかけた手を下げ、引き出しの取っ手を摑んだ。そこに収まる国債の束から一枚抜き、ポケットに押し込む。そして宮殿を出た。近衛隊はまだ自分のとるべき行動が見極められない様子で立ち尽くしていたが、「あとはわたくしが」という凜とした柴田の言葉に、一歩後ずさった。

あいつなら、とふと思う。智宮ならこういう時、優美な笑顔をたたえて気の利いた一言を口にし、近衛隊の彼らの緊張と戸惑いを解くだろうに。でも僕にはそれができない。顔をこわばらせたまま、黙って車に乗り込むしかない。そしてため息をつく代わりに、何もかもを呑み込むのだ。

たった九分の違いだ。だがそれが、透宮と智宮の運命を決定づけた。生まれ落ちたのが違う家であれば、二人はただの二卵性双生児として、特段、その九分を呪うようなこともなく育ったろう。だがこの兄弟の父は天皇であり、母は皇后だった。初めての子を双子という形で授かった父母は、できる限り同じように育てたいと願ったが、それが叶う環境ではなかった。次代天皇となる兄と、天皇になる可能性が極めて低い弟では、施される教育も、求められる役割も異なった。兄は帝王学を叩きこまれた。日本国の、そして日本国民統合の象徴というものが果たして何なのか、象徴という言葉の意味すら分からない時分から、あるべき姿を、あるべき思考を、徹底的に刷り込まれた。弟はというと、ひたすら兄をたて、支えるよう教えられた。自分が中心に立ってはならなかったし、兄が欲しがるおもちゃを先に手に取ってはならなかったし、皿に残った一粒の葡萄さえ、兄が要らないと言うまでは手を伸ばせなかった。その不公平はひとえに、九分後に生まれたからなのだ。

何より不幸だったのは、本人たちの適性が、求められる姿と真逆だったことだ。兄は目立つことを嫌った。視線が自分に集中するのを感じると、体が凍りついてしまう。人前で話すのも苦手だ。自ら何かを決めるより、誰かに付き従う方が性に合っていた。先よりも後の方が好きだったし、真ん中にいるより端の方が落ち着いた。一方、弟は、自分が注目を浴びることに喜びを見いだした。見られていると感じるほど、力が発揮できる。自分の言葉で誰かが笑顔になることが何よりの幸せだ。周囲の空気を察知するのも得意だから、期待通りに振る舞うこともお手の物である。

「順番が逆だったらよかったのにね」

そう口にしたのは、兄である透宮の方だった。小学校の夏休み中に、家族で葉山の御用邸に静養に来ていた時だ。弟も同じことを思っているに違いないという確信は、とうの昔から持っていた。智宮ははじめ、困ったような顔をした。お兄ちゃま、それを言ってどうなるっていうの。みんな怖い顔をするよ。おもうさまやおたたさまも悲しむじゃないか。

「おもうさま」が父を、「おたたさま」が母を示すということが世間ではまるで通じないと知ったのもこの頃だったか。うちは特別なのだという思いを強くすればするほど、弟を同志のように感じた。生まれた順番のことは口にしない方がいいらしいということは分かっていたけれど、唯一それを言っても許される相手に吐き出したかったのだ。でも結局のところ、弟をやるせない気持ちにさせただけだったかと後悔しかけた透宮に、智宮はいたずらっ子のような笑みを浮かべて言った。

「魔の九分、だよね」

それから二人は、こっそりと「魔の九分」という言葉を使った。侍従たちがいる中で、互いに目を見合わせ、唇の形だけでそう伝えあうと、少しだけ気が楽になった。だがそれも万能ではない。学校内では、智宮とはクラスが違うため、その呪文を唱え合うことができないのだ。

子供は率直だと大人は言うけれど、そうでないことを、透宮は知っている。少なくとも小学校に上がるともう、子供たちはクラスという独特の社会でうまく生き抜くための演技を始めるものだ。天皇の子という「普通じゃない」クラスメイトに「普通」に接してあげなくちゃ、という気遣いを、透宮は常に感じた。それは時として、攻撃的な異分子扱いに様変わりするけれど、教師は問題が起きないよう過剰に気を配っていたし、からかわれるのは何も自分だけではないから、我慢してこられた。

六年生のあの日までは。

その一言を耳にしたのは、校舎の中央にあるメイン階段だった。透宮はあまりその階段を使わないようにしていた。なぜなら一階と二階のあいだの踊り場に自分の絵が飾られているからだ。美術部に所属する透宮が描いたそれは、都のコンクールで金賞を取り、仰々しい額に入れて張り出された。母とともに考えた「学び舎」というタイトルで、桜色の校舎や土のグラウンド、敷地の隅の小ぶりな池と滝、色とりどりの花壇などを丁寧に描き込んだものだ。

「とても正確だって言うのよ」

同学年の美術部員だと、声で分かった。透宮はゴミ箱を抱えたまま、段を下りかけた足を止めた。

「正確さでは一番だって」

いつも笑みを絶やさない、比較的おとなしい女子部員が透宮の絵を見上げながら、不満げな声で友人らしい女子生徒に言っていた。

「結局、それしか出てこないの」

たまんないよねと女子部員は細い肩をすくめた。

「先生も苦しいんだって分かってる。立場ってのが色々とあるんだろうからさ」

「だからって、ひとみちゃんが割を食うのはおかしくない?」と友人は憤慨している。「正確なだけなら、誰だって描けるじゃない」

「誰だってってわけじゃないけど」

「だいたいさ、空気読めってのよね。校内推薦が一枠っきゃないやつに自分が出したらどうなるかくらい察しろってのよ」

しかもさあ、と友人がうんざりとした口調で続ける。

「うちの学校を描くってのがあざとくない？　無言のプレッシャーもいいとこじゃん。こんな奴には絶対、ひとみちゃんみたいな絵は描けないよ」

「『こんな奴』はさすがにまずいでしょ」

「そうやってみんなが甘やかすからいけないんだって」

あーあ、と女子部員は伸びをした。

「運が悪かったと思うしかないよね。天皇になる人と同じ学校だったたってことを。せめて学年が違ったらとは思うけど。『推薦は各学年一作品』とか言われると、もうその時点で諦め入るもん」

「絵だけで純粋に審査しろってのよ。ソンタク反対！　プラカード持って座り込んでやる」

それって楽しそう、と笑い声を上げながら、二人は階段を下りていった。透宮はその場に立ち尽くし、抱えたゴミ箱をぼんやりと見つめた。

これを持てたのは初めてだった。掃除の際、ゴミ捨てをしようとすると、「あれをやって」と誰かが必ず別の、もっと汚れにくい役割を頼んできた。しかも渡されるのは決まって一番マシなモップであり、新品の雑巾だ。今日はたまたま、ゴミを捨てに行ったクラスメイトがひとつだけ忘れていったので、いそいそとそれを手にした。色々なものがこびりつき、悪臭を放つゴミ箱を抱えながら、ああ、自分はこれで「普通の生徒」に一歩近づけたと思ったのだが――。

絵を気に入っていないのなら、候補から落としてくれればよかったのに。どんな汚れた掃除道具でも構わないのに。〝特別〟が何より嫌で、その他大勢になりたかったのに。

でもそれは、きっと一生、叶わない。

「よく分かるよ」

その晩、話を聞いた智宮はそう言った。

「僕も同じだ。回ってくるのはいつも一番きれいなものばかり。しかも、お兄さまと僕のクラスだけ、しょっちゅう買い替えているみたいだ」

兄が気づいていなかったことを、弟はさらりと口にした。

「親や先生があれこれうるさいからと友達は言っていた。まったく、余計なことをするよね」

それだけではないはずだと透宮は思った。彼らは大人を言い訳に使う。

「うちのクラスでは、ちょっとしたゲームみたいにしている。僕がわざと汚いのを選ぼうとして、みんなを慌てさせるんだ。汚い用具の争奪戦、みたいな感じだよ。先生の目を盗んでとか、けっこう盛り上がるから」

でもそれを僕がやっても気まずくなるだけだろう。ネガティブな思考回路に陥る透宮に、智宮は言った。

「僕はお兄さまの絵、すごく好きだ」

透宮は弱々しい笑みを返した。でも僕は、ひとみちゃんのような独創的な絵は逆立ちしても描けやしない。

幼い頃から、与えられた画集をよく眺めていた。それに気づいた母が、画材を用意してくれた。どれも高級品だった。キャンバスに初めて描いたのは、部屋に飾ってある菊だった。皇室の紋章だということは頭の片隅にもなく、雲を描こうとしたら刻々と形を変えてしまい、鳥もじっとしてくれず、身動きしないものを選んだだけだったが、母はもちろん、父がこれまでになく褒めてくれ、侍従たちも、中には目を潤ませるほど喜ぶ者もいて、すっかり味を占めたのだ。思えばそれこそが勘違いの始まりだったのかもしれないと、六年生の透宮は思った。もしあの時、あんな風に姿を変えられたらという憧れのまま雲を描いていたら、あんな風に自由に飛び回れたらという羨みから鳥を描いていたら、それほど感激されず、美術部に入ることもなく、ひとみちゃんが割を食うこともなかったろう。

僕はいるだけで、他の生徒の迷惑になっている。

それからは学校を休みがちになった。父母をはじめ、周囲の者たちは、登校前に体調不良を訴えるようになった原因を知りたがったけれど、天皇の息子だからだと言えるわけもなく、透宮はただ首を横に振るばかりだった。皇太子がたびたび学校を休んでいるらしい、という話は、すぐにマスコミに漏れた。宮内庁は「体調不良」を理由としたが、それはあながち嘘でもなく、制服に着替えると腹が痛くなったり、学校への送迎の車からマスコミらしき人影が見えると吐き気を催したりした。

この頃から、公の行事はもちろん、音楽会や映画の試写会といった、大勢の目に触れる場にも顔を出さなくなった。そこで目にする人々の笑顔が信じられなくなったからだ。笑っていても、本当は迷惑に思っているかもしれない。聞こえの良い言葉の数々は、天皇の息子だから言われるだけで、その立場を取り払った瞬間、誰ひとり自分に見向きもしなくなるのではないか。称えられれば称えられるほど人間不信になり、相手を疑う自分に苛立ち、自分の生まれを呪った。この家にだけは生まれたくなかったと、弟の前で何度口にしたかしれない。僕もだ、とは智宮は決して言わず、困ったような顔をするだけだ。世の中にはもっと大変な家庭があるのだなどという分かり切った説教は口にしない。それを分かっていたからこそ、透宮は弟に甘えたのだ。

そして透宮は一切、絵を描かなくなった。いや、描けなくなった。無地のキャンバスを前にしても、筆が動かなくなってしまった。これまで描いた絵の数々が脳裏をよぎり、それらが取った賞もみな忖度《そんたく》によるものだったのではと打ちのめされる。そして思うのだ。このキャンバスに、僕がたとえどんなに下手な絵を描いても、みんなは褒めたたえるのだろうと。だから画材の一切を物入れの奥にしまい込んだ。

あいつはその点でもうまくやったのかもしれないと、透宮は思う。弟は中学時代からアーチェリーをしていた。チームスポーツではないから、誰かが気を利かせてパスを出したりはしないし、ストップウォッチを早く押したり、わざと空振りしたりということもない。弓が飛ばした矢は、誰の意図も推し量ることなく、ただ的に突き刺さるだけだ。矢は正直だからね、といつか智宮が呟いたことがある。東京から京都に越した時も、新しい学校にすぐに馴染み、人気者になった。

何もかもにおいてうまく立ち回っているように見える智宮だったが、その苦しみを、誰より透宮は分かっているつもりだ。父のようになりたい。国民が苦しんでいる時に言葉をかけ、思いに寄り添う。天皇のほんの短い言葉掛けが、どれほど人々を救ってきたかを、日本のどこかが災害に見舞われるたびに感じてきた。容易な立場でないことも分かっている。大勢の人々の前で「お言葉」を述べ、御所に帰ってきた父の背中に、言葉を失うほどの孤独を感じたことも一度や二度ではない。それでも、父の後を継ぎたい。日本国民統合の象徴としての姿を示したい——。そういう願いを表に出すことを許されない弟が、透宮は不憫でならなかった。

もし見た目がそっくりな一卵性双生児だったらと、何度も思い描いたことがある。誰も見分けられないほどそっくりならば、入れ替わり、互いの人生を交換して生きられたかもしれない。そんなむなしい想像もするだけ無駄だと、何もかもに諦めきっていた高二の秋、智宮が思わぬことを言った。

「お兄さま、僕らなりの抵抗をしてみないか」

京都に越して半年。京都御苑内の、京都御所の南東に位置する大宮御所の一室でのことだ。かねてより、天皇家は京都を訪れると大宮御所に滞在した。そのためさほど大掛かりな改修をせずとも、ベッドなどの洋風な暮らし向きが可能で、泊まり慣れた場所だけに心理的な負担も少ないと判断され、大宮御所が天皇家の新たな住まいとなった。

透宮の部屋としてあてがわれたのは、板張りの広い洋間だ。その壁の端の部分が、柱の配置の関係上くぼんでいて、そこにすっぽりと細い体を入れるのが透宮は好きだった。壁と同化する感じがして、妙になじむのだ。だが一度それを目にした内舎人《うどねり》が東宮侍従長の柴田に報告してしまい、「感心致しません」と叱られてからというもの、廊下で足音がするとすぐに勉強机に戻るようにしていたのだが、それを知っていたらしい智宮は夕食後、音を立てずにいきなり顔をのぞかせ、そのまま透宮の向かいに正座し、先ほどの一言を発したのだ。

僕らなりの抵抗、という言葉の示す意味は分からなかったが、透宮は反射的に顔をしかめた。

「面倒ごとは嫌だよ」

「でも現状にもうんざりだろう?」

「僕らに変えられる現状なんてない」

「僕は、お兄さまほど諦めが良くないんだ」

そう言うと、智宮は兄をまっすぐに見据えて言った。

「僕はやっぱり、天皇になりたい」

透宮は思わず辺りを見回した。扉はきっちりと閉じられている。窓からは夜空が見えるだけだ。

それでも心臓が早鐘を打った。

「誰かに聞かれたらどうするんだ」

「なりたいものをなりたいと言っているだけだよ」

「マスコミにでも漏れたら大騒ぎになる」

「クーデターか、って？」と笑うと、分かっているよ、と智宮は続けた。「僕はこの世で一番、天皇になりたいと口にしちゃいけない人間だって。幼い頃からの夢を言うことが許されない人なんて、他にいるのかな」

「他と比べたって仕方がない。お前がいつも言うことじゃないか」

「そうやって代々、苦しんで、諦めて。そんなもの、存続していけるのかな」

その呟きに、透宮はハッとした。九分だけこの世に遅く生まれた弟が見ているのは、ずっと先の未来なのだ。

「みんな敬ってくれる。有難がってくれる。でも、誰も想像はしてくれない。もし自分が天皇家の人間だったらって。そんな想像をすることすら恐れ多いと言って、初めから放棄してしまう。そのツケを払わされるのは、結局僕ら天皇家の人間なんだ」

皇族には苗字がない。だから「天皇家」という表現は誤りだと、柴田にくどいほど教えられたけれど、兄弟の会話ではひそかに使っていた。それは苗字への憧れからだけではない。わが身の特殊性はひとえに、主《あるじ》が天皇という家庭に育ったゆえだと身に染みて感じてきた二人にとって、自分たちを表すのにそれ以外の言葉などあるはずがなかった。その「天皇家」という単語を繰り返し、弟が吐露した思いは、透宮もずっと抱いてきたものだ。旗を振って迎えてくれたり、一目見ようと集まってくれるほどの気持ちがあるのなら、もっと想像してほしい。そして気づいてほしい。過度な期待やイメージの押しつけが、どれほど僕らを苦しめているか。

「自分の身に降りかかるかもしれないことに関しては、社会は敏感だ。でも天皇家のことについては、みんなどこまでも他人事だ。異星人の話ぐらいに思っている」

だから、と智宮は熱っぽい目で言った。

「僕ら自身が行動を起こさない限り、絶対に変わらない」

弟はたぶん、自分が天皇になれないだけなら、こんなことは言いださなかったろう。弟を突き動かしているのは、天皇家存続への果てしない願いと使命感だ。中にいる者が窒息し続けている世界など、いつか滅びる。そうさせないために、自分たちの手で革命を起こすしかないと考えたのだ。

こういう人間こそが、日本国の、そして日本国民統合の象徴となるべきだ。こんなふさわしい人間がいるのに、僕が天皇になっては、この国にとって損失以外の何ものでもない。爽快なほどはっきりとそう自覚した透宮は、ようやく壁のくぼみから抜け出し、智宮と膝を詰めた。

「お前のその『僕らなりの抵抗』では、僕は何をすることになるんだ?」

智宮は母譲りの大きな目を輝かせた。そして言ったのだ。

家出さ、と。

「それは無理だよ。家族が寝ている間にこっそりと、なんてわけにはいかない。万が一うまく抜け出せたとしても、どうせすぐに見つけ出される」

皇宮護衛官だけではない。全国の警察官、宮内庁職員。もしかしたら自衛隊も捜索に加わるかもしれない。

「だろうね。でも、今が千載一遇のチャンスであることも事実だ」

「大地震の前だからってこと？」

「中央が、東京を完全に捨てるつもりだからさ」

「首都機能の移転のこと？」

それならもうとっくに済んでいるはずだ。

「それはほんの一面だよ。政府は東京に何の手も差し伸べないだろう？　他県に受け皿ばかり作って、とにかく出て行かせようと躍起だ。インフラの補強なんて俎上にも上《のぼ》らない」

「補強をして人が残ったがために、犠牲者が増えてしまったら元も子もない。人々を守るためにこうするしかないのだと新聞にあったよ」

「たしかに内奏《ないそう》の時も、総理はおもうさまにそう説明したらしい。ただ僕には、政府がそろばんを弾いている気がしてならないんだ。いっそのこと何もかも壊れてしまった方が、新しい都市を作るにはやりやすいとね」

「考えすぎじゃないか？」

「僕らは考えすぎるくらい考えなきゃいけないんだ。用心しないと、利用される恐れがあるからね。天皇の立場は重い。だからこそ相手の思惑を想像することも大事になる。僕の予想では、政府は名称も新しく変えると思う。江戸から東京に変えたみたいに。印象づけたいのはとにかく『日本の新たな船出』だもの」

「そのために、東京は名実ともに捨てられるってことか」

「でも、だからこそ、逃げ込むには格好の地だ」

「僕らがいた頃から、東京はそんなに変わったの？」

「お兄さまはネットをやらないからね」と智宮は苦笑した。

「皇族の悪口ばかり書いてある」

「悪口もそれなりに参考になるよ。それに新聞やテレビが報じないことも色々と載っている。今の東京は、警官は定年間際の寄せ集めだし、職員や社員が大幅に不足しているから、不動産や何かの手続きもいい加減だ。残った住人には高齢者が多くて、お兄さまの大嫌いなネット情報も出回りにくい」

「だからって、うまくいくかな」

「成功率が高いとは言えない。でもつまりは相対評価だよ。一生の中で、抵抗を試みるなら今以上の好機は望めない」

だってお兄さま、と智宮は兄の生白い腕を摑んで揺すった。

「僕らはもうすぐ十八になるんだ」

十八歳。

それは僕らにとって特別な年齢だ。

皇室典範第二十二条には、「天皇、皇太子及び皇太孫の成年は、十八年とする」とある。父がすでに天皇に即位している僕の場合、十八歳の誕生日を迎えると「立太子《りったいし》の礼」を行い、国の内外に皇太子であることを宣明することになる。この宣明をしてしまったら、もう後には引けない。天皇になる運命から逃れられなくなる。

「十八の誕生日をどう迎えるか。それで僕らの運命は決まる」

ずっと考えないようにしてきた。そうしたところで、運命の日が待ってくれるわけではないと分かっているのだけれど、その事実と向き合う勇気が持てずにいた。

「『立太子の礼』自体は延期になるんじゃないかな。大地震の後になるものの」

「被災者が少なければ、日本の新たな船出を印象づけるために政府は強行しようとするかもしれないよ。そこは五分五分だと思う。どちらにしろ、僕らが十八歳になる事実は変わらない」

そして、と智宮は重苦しい表情で続けた。

「おもうさまがいつまでお元気でいられるか分からない。現におじじさまが亡くなった年齢に近づいているもの」

成年になるかどうか。その決定的な違いはそれだ。父に何かあれば、十八歳を迎えた僕は、天皇になるしかなくなる。

「今しかないと思う理由はもうひとつある。柴田が辞める」

えっと思わず小さく叫んだ。東宮侍従長として、まだ皇太子だった父に仕え、僕ら兄弟が生まれてからは御養育係の役割を担ってきた。

「辞意を伝えたのはかなり前らしい。でも例の地震予測が発表されたせいで引っ越しやらがあって、延ばし延ばしになっていたみたいだ。実際、あの時の『お言葉』も、柴田なしにはとてもあそこまでのものはできなかったと思う」

家族ではないけれど、ある意味、家族よりも近い存在。天皇の息子である僕らを叱りつけられる、数少ない人物だ。

「おもうさまもおたたさまも頼りにしているから、辞められると困るというのが本音だろうけれど、体力的なものもあるしね。大地震の後はまた大変になるから、交代するなら今だとお思いになったのだろう」

柴田は厳しい人だ。だからいまだに怖い。でも人に要求する以上に自分に厳しい人だから、あの凛とした独特の声に、僕は従うしかなくなるのだ。

「誰に代わるの？」

「橋本だという噂だ」

とても柴田の代わりが務まるとは思えない。

「東京という隠れ蓑がある。この御所は皇居より警備が甘い。まだ引っ越し作業が完了していないからね。そして僕らのお目付け役が代わる」

「たしかに、これ以上のタイミングはなさそうだね」

「ただし東京に行く場合は、約束してほしいことが二つある。一つは、地震の時には東京にいないこと。あまりに危険だからね。東京から出るのは難しくないはずだ」

「二つ目は？」

「素性がバレたら、戻ってくること」

「それもたぶん、僕の安全を考えてのことなのだろうね」

「天皇も東京を見捨てたと不満に思っている者はいるはずだ。バレたらどういう騒ぎになるか分からない。いったん戻って仕切り直すしかない」

「仕切り直せるのかな」

「まずはどこへ向かって踏み出すかだよ、お兄さま。天皇になる覚悟を決めるか、今、事を起こすか。二つに一つだ。どちらを選ぼうと、僕は全面的に協力する」

「もし僕が家出をしたとして、お前はどうするんだ？」

「お兄さまの行方について、できるだけ見当違いな情報を吹き込むよ。東京に関する政府の動きも探ってみる。あとは今までと同じだ」

「同じって?」

「この男が皇太子という選択肢もあるんじゃないかと国民に思ってもらえるよう、精進するのさ」

弟は、自分が選択肢の一つになりたいと願っている。そして僕は、自分の眼前に選択肢がいくつもある生き方を欲している。

透宮は闇に染まる窓に目をやった。北の空が見える部屋をあてがわれたのは、意図してのことだろうか。

幼い頃から、北極星を探す癖を付けさせられた。いつも変わらず北の空で輝き、無数の星たちがその周りを回っている。その姿はまさに「北に坐して南に面す」と中国で古くから言われる天子のようだとされ、北極星は天皇を意味するとされてきた。だが透宮は、夜空を指差されて『宮様のお星ですよ』と言われるたび、嘘だ、と思っていた。天空の中心で不動に輝くどころか、振り回されているのはこちらの方じゃないか、と。そんな僕の傍らで、弟はどんな思いで北極星を見上げていたのだろう。

窓から視線を戻した透宮は、宣言をするように言った。

「僕は、天皇になりたくない」

これは逃げなんかじゃない。生き方の選択だ。

「やってみよう。僕らなりの抵抗ってやつを」

そうして決行した家出だったが、高級車のお迎えという形で幕を閉じることとなった。

後部座席の窓から外を眺めながら、透宮はため息をついた。助手席の柴田が、もの言いたげに咳払いをする。

「隠居したんじゃなかったのか」

「気が変わりました」と柴田はあっさり言ってのける。

「腰が悪いのだろう」

「特にこういう長時間の移動はこたえますね」

「だったらどうして」

「宮様が、面白いことをお始めになられたようなので」

車内には小さい音でクラシックが流れている。あいにく「英雄」ではない。眠気を誘うようなスローテンポで、聴いた端から忘れそうに特徴がない曲だ。あのロックのCDを持って帰ればよかった。そしてあいつに聴かせてやるのだ。これは弱者に寄り添う音楽らしいよ、と。

高速道路から見える、夜景に灯る明かりの多さが、もう東京ではないことを示していた。

東京が、遠ざかっていく。

自由が、遠ざかっていく。

長く持ちこたえた方だと思うべきだろうか。正直なところ、すぐに連れ戻される可能性も充分あると予想していた。東京に来て、日付が変わる瞬間をアパートの壁掛け時計を見つめながら迎えるたび、今日が外の世界で過ごす最後かもしれないと覚悟した。

だが意外にも、誰も現れない。警官たちは、透宮を見かけても何の反応も示さない。ニュースは毎年恒例の皇室行事を淡々と伝えている。大地震が予想される中でも例年通りに行事が執り行われるのは、国民を落ち着かせるためだろう。映像には時折、智宮の姿も映り込んだ。いつも通りのさわやかな笑顔を見て、あいつも無事なのだと心から安堵した。

そんなふうに日々が過ぎていくにつれ、透宮は違和感を抱くようになった。智宮が言うほど、東京は高齢者ばかりではないし、ネットもみな使っているようだ。かつての東京とは大きく異なる姿だろうけれど、隠れ蓑になるほどではない。ならばなぜ、捜索の手が伸びてこないのだ？

その日も、テレビは皇室のニュースを報じていた。三大行幸啓のひとつである全国植樹祭で、両陛下が苗木を植えられたというものだった。智宮も同行したらしい。三人で苗床に種を蒔く様子がＶＴＲで流れた。みな、穏やかに笑っていた。父も、母も、智宮も、関係者も、スタッフも、参加者たちも。それを見ているうちに、ストンと腑に落ちた。

なんだ、僕らだけではなかったのだな、と。

透宮がいなくなれば、「仕方なく」弟の智宮が皇太子となる。でもそれはむしろ、皆がずっと押し隠してきた悲願だったのだ。僕の家出は、千載一遇のチャンスと捉えられた。捜索の手が伸びるも何も、そもそも本腰を入れてやっていないに違いない。

智宮は、そうなると予想していたのだろうか？　これは「僕らなりの抵抗」というより、誰も――特に僕を傷つけることなしに、皆の願いを叶える方法だったのかもしれない。

老若男女を惹きつけてやまない華やかな容姿。堂々とした立ち振る舞い。天性の社交性。天皇にふさわしいのは間違いなく智宮だ。順番さえ違っていればと願ったのは、本人たちだけではなかった。それなのに誰もが、そんなことは考えたこともない、とでもいうようにふるまい続けたことになる。

東京の安アパートで一人、透宮は声を立てて笑った。柴田が眉を顰《ひそ》めるであろう、大口を開けてのその笑いは、むしろ御所を抜け出した時よりもずっと、身分を脱ぎ捨てた感じが強かった。笑いながら透宮は心を決めた。僕を連れ戻しに来る者など、どうせ現われやしない。ビクつく必要はない。もっと思うままに暮らそう。関西に逃げたアルバイトの代わりを探すコンビニの面接を受けたのは、その翌日だった。

まるで死ぬ間際みたいだ、と透宮は流れる夜景を車窓から眺めながら思った。東京での日々が、走馬灯のように次々と蘇る。皇帝の就任宣言。閉店したコンビニの前で、皇帝に声を掛けられたこと。宮殿探し。朝の散策。各地の視察。カラスタイム。皇帝のいちゃもんの数々……。

最後に蘇ったのは、あの言葉だった。

「溺れる、溺れるよ！」

僕は今まさに、そんな気分だ。僕はまた自由のない世界に引き戻される。運命という渦に呑み込まれる。そしてただひたすら溺れていくのだ。

第六章

車寄で誰が出迎えたのか、あるいはそんな者はいなかったのか、車内で眠りこけてしまった透宮には分からない。「溺れる」と何度も呻いたらしく、どんな夢をご覧になられていたのですかと柴田に問われたので肩をすくめたら、そういう仕草は感心致しませんと眉を顰められた。

翌日は大学病院で検査を受けさせられた。一般の患者と顔を合わせぬよう、いたるところに仕切りが設けられ、検査と検査の間は特別室に押し込められた。皇帝と視察で訪れた東京の診療所が恋しい。皇帝は待合室の患者たちに「何かお困りかな?」と尋ね回り、看護師に叱られていた。医療機関が次々と移転し、数少ない診療所に患者が殺到するせいで、待ち時間が長いというのが不満のほとんどだった。皇帝は、「朕も診察を行う」と言い出した。もちろん医師免許を持たないので、カウンセリングめいたものをやるだけだったが、耳を傾けるという点では医師以上に熱心で、終わるとなぜか相談者の方が皇帝を慰めていることの多い、妙な診察だった。皇帝はまたやるつもりでいたが、スケジュール調整がつかないまま、あの決起集会の日を迎えてしまった。

念入りな診察と検査が繰り返され、結局、二泊三日の入院となった。その間ずっと柴田は付きっきりだったが、それは「仕える」というより「監視」の要素が強いように感じた。この入院も、ほとぼりを冷ます意味合いがあったのかもしれない。「異常はございませんでした」という一言をもらい、御所へと戻ったけれど、病院から場所を移しただけで、監視されている感覚は変わらなかった。相談しようにも、智宮との接触が叶わない。弟はどうしているのかと柴田に問うても、「お元気でいらっしゃいます」と返されるだけだ。一日、また一日と、味気ない日々が過ぎ、透宮はまた壁のくぼみにハマるようになった。引きっぱなしのカーテンの向こうからは蟬の声が聞こえているが、もう九月半ばとなり、その声は弱々しい。

蟬の声に交じり、カア、と鳴き声がした。抱え込んだ膝にうずめていた顔を上げ、透宮は窓辺に駆け寄った。薄曇りの空の下、カラスが一羽、窓の前の銀杏に止まっていた。

皇帝が恋しかった。あの子供じみたふくれっ面が、揺れる羽根飾りが、杖の音が、恋しい。もとはと言えば、父や弟にとって厄介な存在になることを危惧し、正体を見極めるつもりで付き人になったはずなのに。

もし田中正が名乗ったのが「皇帝」でなければ、東京新報のあの不可解な三行など読み飛ばしただろう。就任宣言の場に足を運ぶことなど、考えもしなかった。英訳が天皇と同じ「エンペラー」になる「皇帝」だからこそ、透宮は看過できなかったのだ。弟に無事にエンペラーを引き継がせるためにも、余計な邪魔が入っては困る。その男は東京で何をするつもりなのか、それは天皇制に関することなのか、人々はどう反応するのか。

そもそもなぜ、「皇帝」なのか。

就任宣言の場が閑散としていたことには胸をなでおろしたが、気になる存在ではあり続けた。東京新報との関係も謎だった。関わるまいと思いながらも、「皇帝動静」をチェックしてしまう。そんな中で出くわした、「何かお困りかな?」だった。

付き人として仕え、皇帝の言動に目を光らせる。それは家出という形で天皇家を飛び出し、迷惑をかけているであろう自分にできる、唯一の埋め合わせのようにも感じていた。もし父や弟の邪魔になるようであれば、何かしらの手を打とう。そんな心づもりでいたのに、今は「エンペラー」として真っ先に思い浮かぶのは、銭湯が好きで、靴下は穴が開くまで履き、商店街のまんじゅうに目がない皇帝の方になってしまった。

連れ戻されてから、まだ一度も父からお呼びがかからないのは、そんな心の内を見透かされているからではないかと、そんな不安に駆られることもある。家出の前から、顔を合わせる機会は減っていた。天皇という「職」は激務だ。同じ立場の者は一人としておらず、誰かに代わりにやってもらうわけにもいかない。それでも幼い頃は、合間を縫って遊んでもらったが、やがて透宮は帝王学の勉強に時間を取られ、高齢の域に差し掛かった父は健康管理のための診察や検査が頻繁に入るようになり、親子の時間を楽しむのはさらに難しくなった。

あの場所で、父の膝の上に乗ったのは、いつが最後だったろう。

皇居内の研究所のことだ。いつの頃からか、天皇家では代々、自分なりの研究テーマを見つけ、大学院や留学先でそれを学ぶようになった。自然豊かな皇居で生まれ育つせいか、自然科学を専門に選ぶことが多く、皇居内には、専門書や試験管が並ぶ研究所が設けられている。

そこにいる時の父が、透宮は一番好きだった。誰かを伴うこともなく、論文を読みふけったり顕微鏡を覗いたりするその姿は、天皇という鎧《よろい》を脱いだありのままの父に思え、近づきがたさを覚えずに済んだのだ。研究所の椅子に座る父の膝の上が、透宮にとって親のぬくもりを感じられる貴重な場だった。それは智宮も同じだろう、でも兄を優先するよう躾けられたから、そのぬくもりの場所を自分に譲ってくれていたのだ――ずっとそう思ってきたけれど、東京で、テレビ画面の中の智宮を目にした時、ハタと気づいた。弟は、鎧をまとった父の方に、より魅力を感じていたのではないか。素になった父には、どこか物足りなささえ覚えたのかもしれない。そう想像させるほど、式典であいさつをする父を見つめる智宮の目は、いつにも増して輝いていた。

「それで、御出欠はどうされますか?」

柴田の声で、透宮は我に返った。庭の木にもうカラスはおらず、空は東の方が藍色に染まり始めている。扉を背に立つ柴田は、相変わらず姿勢が良い。気品のある立ち姿というのを、僕はこの人から教わった。白髪はきれいに撫でつけられ、シャツは新品のように白く、背広には皺ひとつない。

暦の上では秋だというのに真夏日が続き、冷暖房が控えめな御所の中は熱がこもっているが、汗染みひとつ作らず、涼しい顔でこちらを見据えている。

「報道陣からはある程度の距離をお取りいたします。時間も短くて結構です。宮様がお姿をちらとでもお見せになれば、お噂は落ち着くかと」

お噂、という表現に、透宮は苦笑いを漏らした。皇太子が家出をし、東京で暮らしていたという事実は、得意の手回しによって噂レベルに格下げ済みらしい。東京の人々の言うことなど信用ならない、という他県の者たちの嘲りや対抗心を、うまく利用したのかもしれない。

「火消しは早い方がよいかと」

「僕が東京にいたのは事実だ。それをなかったことになどしたくない」

お言葉ですが、と柴田が言った。

「そんなに汚点をお作りになりたいですか」

透宮はたじろいだ。トーンを抑えるほど、この人の声は厳しさを増し、歳を重ねるほど、この人の目は鋭くなる。

「だから皇太子にはふさわしくない、と？」

「実際、そうじゃないか」

「誰もそんなことは思っておりません」

「嘘だ。少なくとも、もっと適した者がいるとは思っているはずだ」

「宮様はただ、お逃げになりたいだけなのです」

「逆だよ。逃げるのをやめたから、家を出たんだ」

柴田は口元にわずかに笑みを浮かべた。瞬間的に、体が強張った。幼い頃、柴田はいつも叱る時にこの笑みを浮かべた。

「もう充分、満喫なさいましたでしょう。お遊びはこの辺になさってください」

「遊びなどではない！」

「どうしても東京滞在をお認めになりたいのであれば、社会経験のためということにいたします。批判はかわせましょう」

尻ぬぐいは慣れているとでも言いたげな口調がこたえた。

「弟は、どう言っている」

「智宮様は、いつも通り出席なさいます」

「園遊会のことじゃなくて」

「仰っていることが分かりかねます」と柴田はにべもない。「それで、御出欠は」

どう抵抗しようと、何も変わらないのか。魔の九分は、どうにも覆せないのか。

透宮はかぶりを振った。

「承知いたしました」

きっちりと腰を折り、部屋を後にしようとする柴田の背中に、透宮はたまらず声を投げた。

「僕らには、どう生きるかという自由はないのか」

柴田は振り返り、透宮を見据えて言った。

「ございません」

その言葉は透宮には、お諦め下さい、と聞こえた。

透宮がカラスタイムをよりどころにし始めたのは、この頃からだった。京都は東京のように街灯が切れたままだったり、暗い窓ばかりだったりはしないけれど、御所には木々が多いので、日が暮れると自室から見える窓の向こうは暗闇に染まる。そのどこかで、きまってカラスが鳴いた。透宮は宮殿で皇帝がしていたように、窓辺に立ち、その声にひたすら耳を傾けた。姿が見えない分、声色の豊かさに気づけるし、どこにいてどこを向いているか分からないから、自分と対話をしているように感じられる。

カラスの声だけ聞いていたい。もう、人間の言うことはうんざりだ。メディアは相変わらず当家のことを好き勝手に書き連ねている。皇太子の家出という「噂」が油を注いだことは間違いない。東京と他県の対立、皇帝を名乗る男の存在といういくつもの要素が絡まり、尾ひれがつき続けた結果、東のエンペラーを名乗る男をこらしめに皇太子が東京に赴いたという妙なヒーロー物語まで生まれているらしい。

美談が作り上げられる一方で、厳しい意見ももちろんあった。真偽がどうであれ、皇太子たるもの、メディアの格好の的になること自体が由々しき事態である、と。

透宮は悲しくなった。賞賛する者も非難する者も、結局は「ふさわしい」かどうかを論じるばかりだ。その背後にどんな思いがあるのかを推し量ろうとする者は見当たらない。僕らについての想像は、はじめから放棄されている。想像など失礼だという、的外れな決めつけのもとに。

相手の立場に立って考えましょうと、子供の頃に教わるではないか。どうして僕らだけが、そうしてもらえないのだ。それは僕らが、人として見なされていないからじゃないのか？　とうの昔に人間宣言をしてもなお、僕らはまだ人として扱われていない——そんな気がしてならないのだ。

何か訴えたいことでもあるみたいに、カラスがさかんに鳴いている。それが気になり、翌日、透宮はご進講のあとに庭に向かった。ご進講というのは、天皇家の人間が受ける個人授業のようなものだ。天皇家の人間として知るべきことを詰め込まれる場なのだが、学校へ通えずにいる透宮は、各教科の勉強もご進講で補っている。教えるのはたいてい各分野の名誉教授だ。肩書や業績は華々しいけれど、高齢の者も多く、高校生相手の授業にふさわしいかどうかはまた別の話だった。相手も、皇太子に教えるとあって緊張し、冗談ひとつ言わず、脱線などもってのほかで堅苦しい話を続ける。休みなくまくしたてるタイプも厄介だが、おどおどと顔色を窺われながらの授業も息が詰まった。学校に通いさえすれば、息の詰まるこの時間を減らせると分かっているのだけれど、そのたびにあの言葉が透宮の脳裏をよぎるのだ。

——運が悪かったと思うしかないよね。天皇になる人と同じ学校だったってことを。

宮殿から見えたスポーツセンターの鬱蒼《うっそう》とした庭木や、街灯を呑み込むように伸びる日比谷公園の樹木を知ってしまった今は、手入れの行き届いた御所の自然は、とても不自然に思える。計算されつくした配置と完璧なまでの剪定は、美しさの押し売りのようで、透宮は辟易した。バランスを崩すものが欲しかった。一息つけるものが欲しかった。カラスの鳴き声はまさにそれだった。よくカラスが止まっている木を、透宮は目指した。

銀杏の樹だ。

本社として社屋を構えていた企業がことごとく移転し、日中ほとんど人を見かけなくなった丸の内を視察した際に、皇帝が丸ビル近くの銀杏並木で立ち止まったことがあった。掲げた杖の先に、黒々と丸い塊が見えた。カラスの巣だった。銀杏が好きでね、とその時皇帝は言った。皇帝自身が銀杏を好きなのか、カラスが好むのかは判然としなかったけれど、透宮は心底嬉しかった。

銀杏は僕だ。

皇族には、お印というものがある。身の回りの小物や調度品に、名前の代わりに入れるシンボルマークだ。特別な地位にある人の名を書くのははばかられるという理由で、近代以前から用いられるようになった。お印には基本的に樹木や花が選ばれる。貞明皇后は藤、昭和天皇は若竹というように。透宮は銀杏で、智宮はシュロだ。だから皇帝に、木を描くのが好きなのかと問われた時、返答に詰まったのだ。透宮にとって、あれは自分たち兄弟を描いたに等しかったから。

自分の身の回りのあらゆるものに描かれるお印は、第二の名前に等しい。だから銀杏を見かけると、自分の分身のように感じた。シュロは町中ではまず見かけないから、智宮からよくうらやましがられたものだ。皇帝にはどんなお印が合うだろうと、御所の砂利道を歩きながら考える。やはりカラスが好む木が良い。もしまた国債を発行することになったら、そのお印もデザインに入れよう。スケッチブックに描いたその木を皇帝は眺めつくし、嬉しそうにいちゃもんをつけるに違いない。

銀杏は枝が柔らかいから、くちばしで折りやすいのだと皇帝は言っていた。背が高く、葉もよく茂るため、人目に付きにくい場所に巣を作りたがるカラスにとって絶好の場所なのだという。人に見られることを嫌い、目立たない場所を好むなんて、まるで僕みたいだと思いながら銀杏の樹の下までやって来た。カラスも巣も見当たらない。でもよく見かけるから近くにきっと、と透宮は木々を見上げながら敷地内を歩き回り、ふと足を止めた。ひどく懐かしい感じがする。ここは——そうか、智宮とよく遊んだ場所だ。

築地塀《ついじべい》に囲まれた南北に長いこの敷地の北側に大宮御所が、南側に仙洞御所があり、両御所は自由に行き来できる。仙洞御所の方が池などもあり、圧倒的に広い。その北池の近く、六枚橋が架かる阿古瀬淵《あこせがふち》から小高い丘へ登ったところに透宮は立っていた。引っ越してからは御所内で過ごすことが多く、この辺りは本当に久しぶりだ。大宮御所に滞在することは稀だったけれど、来るたびに兄弟でここへ来て、石碑を這う蟻の隊列を眺めた。侍従たちの呼び声が響くときまって石碑の裏に隠れ、くすくすと笑い合ったものだ。自らが背負わねばならぬものの重さなどまだ分かっていない、無邪気な時期だった。どうやらよその家とは色々なことが違うらしいということを、ぼんやりと感じてはいたけれど、この頃の透宮が比較するのはもっぱら弟だった。叱られる時には、自分のせいだとひとりで罪を被るようなことを言い、褒められる時には、お兄ちゃまのおかげなのだと嘘をつく弟を、透宮は不思議に感じていた。

僕が自覚するよりずっと先に、智宮は自らの役割や宿命を理解していたのだろうと、いま再び石碑の傍らに立ちながら思う。幼い智宮が抱えた葛藤はどれほどだったのか。石碑の裏に回った透宮は、当時のようにしゃがみ込んで目を瞑った。

自分たちを探す侍従の声が、脳裏に蘇る。声はだんだんと大きくなる。足音も聞こえてくる。見つかったらまず言わなくてはと、まだ小さい膝小僧を抱えながら、九分遅く生まれた双子の片割れは思う。僕が隠れようって言ったんだ。お兄ちゃまは悪くないんだ——。

瞼を開けると、あの頃のように、石碑のふもとに蟻が列をなしていた。それを眺める自分に湧きあがるのは、幼い頃のような知的好奇心ではない。うらやましさだ。蟻の世界には、象徴など関係ない。偽物の言葉も、うわべの笑顔もない。かつては抱かなかったその羨望に打ちのめされながら、蟻の列を目で追った透宮は、石碑の石と石の隙間に挟まっている白い紙を見つけた。わずかに見えているそれを指先でつまみ、そっと引き抜く。やや厚みのある封筒だ。表には何も書かれていないが、裏返してアッと息を呑んだ。

シュロのお印！

石碑の裏に身を隠したまま、封を指で切って開けた。これも柴田が眉を顰める行為だ。封筒を開ける際は必ずペーパーナイフか鋏を使うよう言われている。鼓動の高鳴りが、押しつけた太ももに響く。中には便箋一枚と、折られた茶封筒が入っていた。

兄上

「護衛」が厳しいので、このような方法を採りました。きっとここなら、兄上は見つけてくれるだろうと信じています。

同封した茶封筒は、僕の部活のロッカーに差し込んでありました。部外者が近づきやすいのは断然僕の方だろうということを、この人は分かっていたようだね。それこそが、僕らの間に横たわる九分間がもたらした違いだ。僕の学校生活は、人々が思うよりもずっと自由だ。それは兄上の家出を経てもあまり変わりません。つまり今のところ、僕らなりの抵抗は、「護衛」が厳しくなったくらいの変化しかもたらしていないみたいだ。

でも僕は、まだあきらめていないよ。兄上もそうだと良いのだけれど。

茶封筒は、赤尾という記者の名刺付きでした。関西中央新聞と書いてあったから、だいぶ迷ったけれど、兄上に届けることにしました。見て不快になるものでないことを祈ります。

秋の園遊会くらいまでは、この過度な「護衛」が続くのではないかと予想しています。身動きがとりづらいけれど、なんとか相談する機会を見つけよう。

智

誕生日が近づいてくる。僕らにはもう、あまり時間が残されていない。

赤尾からだという茶封筒の表には、「付き人様へ」と雑な字で書いてあった。透宮の名を書かずに、透宮宛てだと分からせるためだろう。兄が東京で皇帝の付き人をしていたという「都市伝説」を智宮なら把握済みだろうと、赤尾は踏んだに違いない。

中にはＡ４の紙が三枚入っていた。横書きのそれには「田中正についての調査結果」とタイトルがふられ、すでに報じられている事柄も含め、経歴等が事細かに書かれていた。和歌山県の川湯温泉近くの田舎町で生まれ育った田中正は県内の学校に通い、高卒で郵便局に就職。仕分けと配達が主な業務で、ずっと無遅刻無欠勤だったという。幼少期の性格は活発で目立ちたがりとあった。いつだったか東京で、人前に出るのを何より嫌ったらしいと誰かが言っていたのは真っ赤な嘘かと思ったが、読み進める中で気になる記述があった。

田中正は小学校三年の時、水難事故に遭ったという。友人三人と川で遊んでいて溺れ、田中正は助かったものの、ひとりが命を落とした。封筒にはその水難事故の記事も同封されていた。たしかに小学生四人が熊野川で溺れ、一人死亡とある。その事故後、田中正は一転して消極的な性格になったとのことだ。心療内科への通院記録もあるから、事故のトラウマはかなりのものだったのだろう。記事には助かった少年の話として「鳥を追いかけていて溺れた」とあった。鳥の種類までは書かれていない。もしかしてカラスだろうか。

溺れる、溺れるよ！

うわごとのように繰り返していたあの寝言はこの事故の記憶のせいで、ナポレオン二世になり切っているからではなかったのか？　以前、四斗辺に激昂したのは単にナポレオン・ボナパルトに憧れているからで、ベートーヴェンの「英雄」にはただ聞き惚れただけで、就任宣言が六月二十二日だったのはたまたまなのか？

だが調査結果の最後には、こんな記述もあった。

『田中正は有給休暇でフランスに渡った後、オーストリアのウィーンに向かったとの情報アリ。現在確認中。』

ウィーン。それはまさに、ナポレオン二世が人生の大半を過ごした地だ。調査結果を読み終えた透宮は、揺れる心の振り子をどこにも落ち着けることができずにいた。ふと名前を呼ばれた気がして、石碑から少しだけ顔をのぞかせたけれど、あの頃のように自分を探す者はどこにも見当たらず、ただカラスの飛び去る姿が、ほんの一瞬、枝葉の向こうに見えただけだった。

築地塀の外に出るのは、ほとぼり冷ましと思しき検査入院の時以来だ。車での外出である。目立たぬようお召車ではなく軽自動車を使うことになり、透宮はその後部座席のスモークが貼られた窓から外を眺めていた。車寄の砂利を踏みながら走り出した車は、裏門から京都御苑内の通りへと抜けていく。右手に京都御所の建礼門が見えた。

「診察時間はどれくらいだ」と透宮は助手席の柴田に尋ねた。

「一時間取ってございます」

「名は何と言ったか」

「百川《ももかわ》、でございます」

本当は聞かずともはっきりと覚えていた。まだ東京住まいだった頃、家族での京都滞在中に診てもらったことがあった。皇太子妃の時分に母が診察を受けたことがあり、ぜひ彼にと推薦したという。侍医にはいないタイプのフランクな感じが心地よく、透宮は例の絵の一件以降ため込んでいた心の内を吐き出した。国家の一大事になり得るからという理由で、関係者内で勝手に共有されがちな診察内容が、その時ばかりは侍従にも、父母にさえ漏れなかった。そんな百川ならと思い、診察を受けたいと柴田に頼んでおいたのだ。

「六年ぶりですかな」

透宮が診察室に入るなり、百川はそう言って目じりに皺をためた。七十近いはずだが、相変わらず血色がよい。この恵比須顔を前にすると、何でも打ち明けたくなる。透宮に椅子を勧めると、向かいの丸椅子に腰かけ、それで、と百川は言った。

「東京はいかがでしたか？」

誰もが触れずにいた話題をあっさりと口にされ、透宮は面食らった。

「こう言ってはどこかからお叱りを受けそうだが」百川は黄ばんだ歯をニカッと見せて笑った。

「良い経験をされましたな」

そんなことを言ってくれる人が、僕の周りにいたとは――。

胸が詰まった。と同時に、罪悪感が込み上げた。不眠がひどいからという理由で診察を頼んだけれど、聞きたいことは別にある。

「よく、うなされるのです」と透宮は切り出した。皇帝がよくやるように、主語をつけずに誤魔化した。「そしていつも同じ言葉をうわごとのように繰り返してしまう」

「それでは寝た気がしませんな」

「寝つき自体は悪くない」

「寝起きはいかがです？」

透宮は首を傾げた。皇帝が起きる時に宮殿にいたことがない。答えられずにいる透宮に、構いません、と言うように百川はゆったりと頷いた。

「それで、お知りになりたいキモはどのへんでしょう」

ただの診察希望ではないと、百川は早くも察したようだ。

「そういう症状に、幼い頃のトラウマが関係することはありますか」

「もちろんです。睡眠もトラウマも、要はここです」と百川は頭を指差した。「トラウマの原因となるショックが大きければ大きいほど、そういう形で症状が出やすいと言えるでしょうな」

「何十年経っても?」

「症状が長年継続するケースもあれば、むしろすぐには現れず、年月を経て発症するケースも少なくありません」

「トラウマの原因が、命の危険を感じるような出来事だったとしたら――」

「うなされるどころじゃなく、寝ながら手足をばたつかせたり、悲鳴を上げることも」

溺れる、溺れるよというあのうわごとは、それこそ悲鳴に近かった。

例えばですけど、と前置きをし、透宮は核心部分を尋ねた。「トラウマから逃避するために、別人格を作り上げるということはありますか?」

「夢の中で?」

「いえ、起きている時です」

「多重人格は往々にして現実逃避から生み出されます」

「多重人格ではなくて、まるきり別の人に成り代わってしまったりは?」

「本来の自分がきれいさっぱり消えてなくなる、という意味ですか?」

「そして歴史上の人物になり切ってしまう、とか」

百川はおもむろに腕を組んだ。

「皇女アナスタシアの件はご存知ですか?　最後のロシア皇帝、ニコライ二世の四女です」

皇帝という言葉に、透宮は思わず身を乗り出した。

「ニコライ二世というと、あのロシア革命の？」

百川が頷くたび、丸椅子が軋んだ音を立てる。

ニコライ二世はロシア革命により囚われの身となり、家族ともども処刑された。ニコライ二世の五人の子供は、皇帝と皇后の間に生まれたがために無残な殺され方をした。末っ子の皇太子は、まだ十三歳だった。その事実をご進講で習ったのがちょうど十三歳の時で、ひどくショックを受けたのでよく覚えている。本人たちにいったい何の咎《とが》があったのかという憤りよりも、社会が極端な方向に進めば、自分もこの先そうなるかもしれないという恐怖が先に立ったものだ。

「埋葬場所が長らく謎だったんで生存説が囁かれましてね、自分はアナスタシアだと名乗る者が三十人以上出てきたんです。その中の一人、名前は何だったかなあ、とにかく本物かもしれないと言われた女がいまして、公にされていない事実なんかも口にしたそうです。でも結局は偽者でした。本当は工場労働者だったらしい。ＤＮＡまでは嘘をつけない、ということです」

「でも、だったらなぜ本人しか知り得ない事実を？」

「公表されていないだけで、関係者は知り得る事実だったようです。亡命者と接触して情報を得ていたという話もある。その彼女は手榴弾を落とした事故で重傷を負い、精神が不安定になった後に、アナスタシアを名乗るようになった。トラウマが関係している可能性も考えられなくはありません。意識的になりすましたのか、無自覚のままなり切ってしまったのかは本人のみぞ知るというところですが、ロマノフ家の莫大な遺産を巡る訴訟も起こしていますから、金目当てだったという見方は根強いですよ」

皇帝には当てはまらなさそうだ。主張するのは東京帝国の皇帝だということと、ナポレオン・ボナパルトへの崇拝だけで、遺産の話題はもちろん、ナポレオン二世だと名乗ることさえしていない。

「基本的には、人の記憶は鉢の植木を入れ替えるようにはいきません。まるきり別人格になってしまうのはごくレアケースと言わざるを得んでしょう。少なくとも私が診た患者さんの中にはおられない」

「それは、自然発生的にそうなるのはレアケース、ということですよね？」

透宮の問いに、百川はピクリと右の眉を上げた。

「宮様の頭の中におありになる、自然発生的でないもの、というのをぜひ伺いたい」

診察室のクリーム色の壁には、鳥の写真がいくつも飾ってある。釣りや登山に行った際に百川自身がカメラに収めたものだと、六年前の診察の時に話していたが、あの頃よりもさらに写真が増えていた。鳥の背景に、川が写り込んでいるものもある。田中正が溺れたのは、これよりももっと大きな川だったのだろうか。

「僕が言いたいのは、治療の副作用としてそういうことが起きるのでは、ということなのです」

「トラウマに対する治療、ということですな？」

「精神医学では、かつて驚くような治療法がありましたよね。脳を切り取るロボトミー手術とか」

重度の統合失調症患者などに対して行ったと、本に書いてあった。百川は途端に重苦しい顔になった。

「我われ精神医学者が決して忘れてはならない歴史です」

「革新的な治療の副作用で完全に別人格になってしまう。あるいは逆に、それまでの記憶を消すために意図的に別人格を植え付ける。そういう治療法があるのでは、と」

しばらく宙を見据えると、百川は机上の学術雑誌を手に取った。ページに走らせる視線には、父が研究所で論文を読むときと同じ種類の鋭さと輝きが同居していた。

「レーザーやら音やら電気ショックやら、辛い記憶を消す手法の開発は、昨今の目玉のひとつです。それだけ皆、消したい記憶を抱えているということでしょう。でもそれはあくまで記憶の一部分に働きかけるだけで、別人格になり切れるほどごっそり消すというのは次元が違う話です」

「その次元の違うことをやっている国が、あるのではないですか」

ページを繰る手を止め、百川は顔を上げて苦笑した。

「宮様もお人が悪い。ヒントを出し惜しみせんでください。いったいどこの国をお疑いです?」

透宮は意を決して口にした。「オーストリアです。特に、ウィーン」

田中正は幼い頃の水難事故の記憶に苦しめられていた。自分が死の淵に立たされた時のことが強烈に焼き付いてしまったのだろう。あるいは友人を失ったショックが大きすぎたのか。心療内科に通ったが効果はなく、成人し、郵便局員となってもなお、うなされる夜が続いた。だがある時、過去の記憶を消す治療が海外にあると耳にする。その情報ではフランスだった。だから有給休暇を取りフランスに向かった。しかし行ってみると、治療を行っているのはフランスではなくオーストリアだと分かり、急遽ウィーンに向かった。ウィーンでは、かつてナポレオン二世が過去の記憶を消す治療を受けていたはずだ。それが年月を経て進歩し、治療を施された田中正は和歌山の郵便局員だった過去を忘れ去り、自分はナポレオン二世だと思い込んだ——。

だが百川は、オーストリアねえ、と呟いて首を傾げた。

「そんな無茶苦茶をやる国には思えませんなあ」

「やはり、無茶苦茶だと思いますか」

「そりゃそうでしょう。元の人格を抜き取って別人格を、なんてことが悪用されたらとんでもないことになる。まあ、神の領域に手を突っ込んだような治療が増えつつあるのは事実ですがね」

「フランスでもあり得ないですか」

「と思いますがね。でもまあ、調べてみましょう。ブラック・ジャックのような医者がどこぞにひょっこり現れたやもしれませんから」

そう言ってウインクした百川から、二日後、メッセージが届いた。

「宮様、漫画への興味はほどほどになさってください」

伝えに来た柴田は渋い顔だ。訳が分からないまま受け取ったメモには、こう書いてあった。

「ブラック・ジャックは見つかりませんでした」

落胆よりも、やはり、という気持ちが大きかった。その「やはり」は二種類あった。過去の記憶を消し去り、別人格をもたらすなどという治療は「やはり」行われていないのか。そして――東京で漫画喫茶に通っていたことも、「やはり」把握されていたのか。

ならば、頼む。その情報収集力で、皇帝の行方も突き止めてくれ。

あの決起集会の日、皇帝は姿を消した。そのタイミングが、僕が皇太子だと赤尾が暴露する前なのか、それとも後なのか。

近衛隊に尋ねたけれど、彼らは熱っぽい眼差しを透宮に向けるばかりで、結局分からずじまいだった。我らの皇帝と声高に叫んでおきながら、黒い群衆は誰一人として皇帝を目で追い続けることさえしなかったのだ。民の支持など所詮はその程度なのだと、透宮はショックを受けた。赤尾が言ったように、皇帝も自分もお飾りに過ぎないということだろう。

民の支持など吹けば飛ぶようなものだと思い知らされる虚しさ。自分がお飾りに過ぎない現実を突きつけられる辛さ。それを僕は、よりによって、皇帝に味わわせてしまったのではないか。

あの決起集会が心底悔やまれた。だから書物に没頭した。何もかも忘れたいというよりは、皇帝の行方を突き止めるためのヒントがどこかにあるのではとすがるような気持ちだった。ナポレオン二世に関係がありそうなものを図書館からあらかた取り寄せた。自分で借りに行くと言ったのだけれど、それでは図書館に迷惑がかかると柴田に止められた。図書館で本を借りる。それが迷惑行為になる人間とは、一体何なのだろう。そんなやるせなさを抱きつつ、文献を読み漁る。その中で、今更ながら重大なことに気がついた。

父であるナポレオン・ボナパルトの痕跡を取り除こうと、過去を消すことを試みられたナポレオン二世だったが、精神治療を受けたという記述は一切見当らないのだ。ただそれは、自分が心療内科を受診したことを宮内庁が隠したがるのと同じかもしれない。精神治療を内密に受けていたとすると、ナポレオン二世は年々父への思いを強くしたようだから、治療としては失敗だったことになる。失敗したものは、初めからなかったことにしてしまうというのは、今も昔もよくあることだろう。ディートリヒシュタイン伯爵が必死にもみ消したから、精神治療についての記述が一切残っていないだけかもしれない。

読み終えた本を本棚に戻す。一段すべて、ナポレオンの本で埋まっている。だがその大半はボナパルトについての記述だ。二世の影の薄さが不憫でならない。

たった二週間のエンペラーか。それくらいなら、僕も耐えられるだろうか。

口から漏れたため息の音に、透宮は思わず部屋を見回した。誰も聞いているはずはない。柴田も、少なくとも夕方までは来ないだろう。人がいない静けさは、とりわけ澄んだ感じがする。だが静まり返っているのはここだけで、この北西に位置する京都御所は、着物やモーニングで着飾った招待客でごった返しているはずだ。赤坂御苑から京都御所に場所を移しての園遊会は何度目だったか。

春と秋の二回だから、年数かける2かと計算しようとして、御所の引っ越しや災害で不開催となった時があったことを思いだした。今年の春はというと、家出をした後だったから、東京での一人暮らしにようやく慣れた頃に、そう言えばもうとっくに終わっていたのだと気づいたのだった。これからはずっと他人事になると思っていたが、また柴田に出欠を尋ねられる状態に戻ってしまった。

智宮は今頃、招待客と会話を弾ませていることだろう。招待客がどのような功績を挙げた人たちなのか、事前にレクチャーを受ける。人数が多いので覚えるのは一苦労だ。それなのに智宮は一人一人に、レクチャーだけでは決して発することのできない言葉をかける。だから相手はいたく感激する。緊張ではりついた不自然な笑顔を前にすると、逃げ出したくて黙り込んでしまう自分とは対照的だ。強張る僕を見て、機嫌を損ねたのではと相手は萎縮し、さらに笑みを引きつらせ、それを見た僕は悲鳴をあげたくなる。そんな人間は、たとえたった二週間でも、天皇になるべきではないのだ。

自分の吐息ばかりが聞こえる。そしてハタと気がついた。本棚の左右に置かれた長細いスピーカーが、いつの間にか沈黙している。聴き終わったことにまったく気づかなかった。再生ボタンを押すとともに流れ出したのは、もちろん、ベートーヴェンの交響曲第三番「英雄」だ。

スピーカーは、ベートーヴェンの最高傑作のひとつと言われる曲を誇らしげに響かせている。CDケースを眺めながら、皇帝もどこかで聴いているだろうかと思いをはせた。ジャケットにはベートーヴェンの肖像画が描かれている。彼はナポレオン二世の記憶を消すよう命じられたディートリヒシュタイン伯爵の友人だったという。伯爵の方は作曲家として目立った功績はなかったようだけれどと思いかけ、透宮は眉根を寄せた。

そもそも、なぜ彼だったのだろう？

よく考えれば妙な話だ。記憶に関する治療を望むならば、医者に依頼するのが筋だろう。だがディートリヒシュタイン伯爵が医学に精通していたという話は、調べた限りどこにも出てこない。なのになぜフランツ一世は、ナポレオンの痕跡を記憶から消すという重要な使命を彼に任せたのだ？「英雄」を聴きながら、窓辺に立つ。眼前に広がる景色が、スポーツセンターの鬱蒼とした木々でないことに、いまだに慣れない。透宮は気が触れたと噂が立つだろうか。そうすれば、天皇にならずに済むだろうか。鋏を手にここから駆け出て、完璧に剪定された草木をズタズタに刈り込んでしまいたい。

静止したような景色の端に動きがあり、透宮は眼鏡のブリッジを押し上げた。家出をした後、正体をバレにくくするために掛け始めたのだが、今ではその仕草がすっかり癖になってしまった。皇宮護衛官が何人か走っていくのが見える。耳に手を当てているから、無線で緊急事態を知らされたのだろう。皇居でも時々そんなことがあった。だいたいは取り越し苦労だが、即位や婚礼などの節目には無茶をする輩《やから》が現れ、わが一族は見ず知らずの者に命を狙われかねないのだということを、改めて突きつけられるのだった。

護衛官が駆けて行った方向には、京都御所がある。園遊会は招待客が多く、報道陣も詰めかけるから、いくら警備を厳重にしても、不測の事態を防ぎきることは難しい。しかも赤坂御苑での園遊会は慣れているだろうが、京都御所では何かと勝手が違うはずだ。

皆は大丈夫だろうか。透宮は部屋を出て、車寄に向かった。護衛官の男に、何かあったのかと尋ねたが、視線を合わせることもなく、直立不動で「いえ」と短く答えただけだった。勧められるまま酒とまんじゅうを頬張った近衛隊が懐かしかった。彼らはもっと人間味があった。でもそれは、「付き人」である僕が、彼らにとってちゃんと「人間」だったからかもしれない。

透宮は部屋へと引き返し、テレビをつけた。家族の様子を、テレビ画面を通して知る。そんなことが当家では往々にしてある。東京とのチャンネルの違いにいまだにまごつきながら、生放送の番組に合わせた。民放のワイドショーだ。誰かの謝罪会見について取り上げている。何秒間頭を下げました、この視線の動きは嘘をついている時に出やすいものです、などと話している。透宮は顔をしかめた。画面に映し出されたどこぞの社長が、立太子の礼に臨む自分に見えた。皇太子としての決意表明を口にする際の目の動きは、きっと嘘つきのそれになっている。でもコメンテーターである心理学者は、それを指摘できない。こんな皇太子で大丈夫だろうかという不安を、司会者も、街頭インタビューに答える人々も、偽物のコメントと笑顔で覆い隠すのだ。

「それでは再び、園遊会が行われている京都御所へ中継を繋ぎましょう」

中継画面に切り替わる。化粧の濃い女性レポーターが、園遊会にふさわしい快晴だと天気を褒め、京都御所の自然を称え、招待客のラインナップまで賞賛した。透宮様はご欠席、などという言及がないことには安堵したが、先ほどの話題では競うように社長を叩いていたコメンテーターたちが、聞こえの良い言葉ばかり並べ立てるのが気持ち悪い。どうせたいしたことは起きていないのだろうと、電源を切ろうとしたその時だった。レポーターの顔から笑みが消えた。手でイヤホンを押さえ、マイクを持ったまま固まっている。スタジオの司会者が、戸惑いながらレポーターに呼びかけた。

園遊会で、何かが起きている――そう確信した時だった。カメラマンの後ろにいるらしいスタッフに向かって、レポーターが確かめるように無言で唇を動かした。その口の形は「シュウゲキ」と読み取れる。血の気が引いた。レポーターが覚悟を決めた様子で、画面に向かって言った。

「天皇陛下が、暴漢に襲撃された模様です！」

第七章

それは最大限に誇張された表現だった。現場の途方もない混乱が、伝聞内容を過激なものへと変容させたのだ。実際には、天皇をはじめとする皇族も招待客もみな無事で、「暴漢」を取り押さえようと駆けつけた皇宮護衛官たちが雪崩を打ち、転んで怪我をしただけだった。何もそんなに慌てることはなかったのだ。「暴漢」が天皇に突きつけたのは、刃物でも、銃でも、爆弾でもない。

一通の手紙だ。

男は天皇に手紙を渡しただけだった。

厳重なはずの警備を、男がどのようにしてかいくぐり、天皇の眼前にまでたどり着いたのか。巧妙な作戦があったからでも、内通者を駆使したわけでも、組織立って動いたからでもない。男はただいつものように、つと高い鼻を上げ、堂々と、警備にあたる者たちに「ご苦労」と片手を上げて通過したのである。彼らはみな大目玉を食らったろうが、敬礼までしてしまった者がいたことを、透宮は微塵も不思議に思わなかった。

なぜなら、それが皇帝という人だからだ。

皇帝にはおそらく、うまく切り抜けねばとか、ここさえ突破できればといった思いはなかったろう。「ご苦労」という言葉も、心から出たものに違いない。だからこそ怪しげな人物をはじき出すことばかり頭にあった護衛官たちは見過ごしたのだ。

皇帝は招待客の間を、失礼、と言って通り抜けた。東京ほど皇帝が身近でなかったことも大きな要因に違いない。どこかで見かけたこの人は誰だったかと皆が首をかしげる間に、皇帝は着物姿のご婦人方の間にちゃっかりと収まった。「美しいお召し物ですな」と声をかけ、これから天皇にお目にかかるのだという極度の緊張状態にあったご婦人たちを笑顔にさせる場面が、マスコミのカメラに映り込んでいた。右隣のご婦人は著名な劇作家の妻で、夫の方が皇帝に気づいたものの、その泰然とした態度を見て、自分と同じように招待されたのだと思い込んだ。「西のエンペラー」が「東のエンペラー」に会ってみたいと仰せになられたのだろう、なかなか粋なことをなさる、しかし最近は宮内庁も随分柔らかくなったものだ、などと感心していたらしい。

的外れに感心されていた宮内庁の職員たちは、ようやく、その場にいるべきでない人物に気づいたが、天皇はもう劇作家夫妻の前に差し掛かっていた。早くつまみ出せという指示が飛び交ったまさにその時、皇后が皇帝に気づき「あら」と声を上げた。その声につられ視線を移した天皇に、皇帝は「ようやくお目にかかれましたな」と笑みを浮かべ、手紙を差し出したのだ。

それを天皇が受け取った直後、二人の「エンペラー」の間に皇宮護衛官たちが躍り出て、皇帝はあっけなく地面に組み伏せられ、つまみ出された。現場は騒然となり、動揺した招待客の一部が「襲撃」と騒ぎ、マスコミがそれを報じたというわけだ。

皇帝はまったくの無抵抗だった。困惑した表情を浮かべるでもなく、四人の護衛官に体ごとのしかかられ、地面に腹ばいになりながら、なぜかカメラの方をじっと見つめていた。その映像がニュースなどで流れるたび、レンズ越しに皇帝が見据えているのは僕ではないかという気がして、透宮は全身にじっとりと汗をかいた。エンペラーの息子だと、なぜ言わなかった。朕の付き人になった理由はそれだったのか。朕をどう思っていたのだ――。そんなことを考える皇帝ではないと思うのだけれど、皇帝を探ろうと近づいた負い目が、透宮にそんな想像をさせるのだった。

外の世界では、一人に言うのは百人に言うのと同じだと思った方がいい。僕らの周りにいる人たちはとりわけ口が堅い人種なのだ。だから東京で、どんなに心を許した人ができたとしても、決して素性を明かしては駄目だよ――。

家出をする前に智宮から受けた忠告のひとつだ。透宮はそれを忠実に守った。自分自身が話せないからこそ、皇帝にも過去や素性を問わずにおくつもりだった。隠したい事情を抱える辛さも分かるし、もし打ち明けられたら、自分も話してしまいそうだったからだ。

皇帝はいったい、どうなってしまうのだろう。

園遊会に入り込み、手紙を天皇に渡しただけだ。誰も傷つけていないし、マスコミは侵入という言葉を使うけれど、門から堂々と、挨拶までして入ってきたのだ。天皇以下皇太孫までの皇族に対し危害を加えた者・加えようと試みた者は死刑と定められた大逆罪は、ＧＨＱの命により廃止され、一般の法律で対応するようになったけれど、東京と他県の溝が深まり、互いにいがみ合う今は、平時のようにはいかないかもしれない。しかも皇帝は、東京の抵抗活動の首謀者と見なされている。皇帝の頭の中にあるのは、東京を良くしたい、東京の民に幸せをということだけで、争いごとなど一切好まない人なのに。そう父母に伝え、寛大な処分を頼みたいけれど、親善目的のシンガポール・タイ訪問のため、ここしばらく海の向こうだ。園遊会の事件で中止も検討されたものの、招待を受けての訪問であり、土壇場の中止は先方に失礼だと父が主張したと聞く。国内は大騒ぎだから、心を落ち着けるには良かったのかもしれない。慣例である外国訪問前の記者会見は行われず、当たり障りのない文書が発表されただけだったが、いつもながら淡々としたそのお言葉と、政府専用機のタラップでにこやかに手を振る映像に、国民の多くは胸をなでおろしたようだった。

テレビは相変わらず、園遊会での「襲撃」事件を報じている。今日は日曜で、一週間の出来事の総まとめという形で取り上げているけれど、この熱の入りようだと当分下火にはならなさそうだ。かつてなら、皇室関連の騒動の映像など、できるだけ電波に乗らないよう宮内庁が手を回したはずだが、今回は垂れ流しだ。働きかける余裕がないほど対応に追われているということか。メディアも以前なら忖度して控えたろうに、ずいぶんと変わったものだと思いかけ、待てよ、と思い直した。

手が回らないのではなく、手を回した結果、こうなったのかもしれない。この男は暴漢です、東中央や宮内庁はむしろ、どんどん流してくれと思っているのではないか。この男は暴漢です、東のエンペラーなどとんでもない、と人々に訴えるために。


どの番組も、皇帝を捕らえて連れ出す映像が中心になっていて、列に紛れ込んだ際の婦人たちとの談笑は、今はもうネットにしか出回っていない。皇帝にじかに接したことのない他県の者たちは、皇帝と言えばこの姿を思い浮かべるだろう。カメラ目線の皇帝のアップに、怒号ばかりがやたらと強調された音声がかぶさる。危険な人物として刷り込むために違いない。だから怖いのだ、と透宮は自分を抱きかかえるように両腕を摑んだ。これでは皇帝に対するフェアな裁きなど到底期待できやしない。

皇帝が、あぶない。

コン、とかすかに扉がノックされた気がして、透宮はテレビを消し振り返った。柴田のノックとは違う。薄く開けた扉の向こうに、久しぶりの笑顔があった。

「ごきげんよう、お兄さま」

素早く体をすべり込ませて中に入ると、智宮は透宮に抱きついた。肩に食い込む弟の手が、ようやく再会できた喜びと、「僕らなりの抵抗」が実っていない悔しさの両方を伝えている気がした。外国人との交流が多い智宮と違い、ハグという行為に苦手意識がある透宮だったが、この時ばかりは、じかに伝わる弟の体温を受け止め続けた。

「あの場所を覚えていてくれたんだね」

ハグを解くと、智宮は嬉しそうに言った。封筒を隠してあった石碑のことだとすぐに分かった。

「相変わらず蟻が行進していた」

「僕らが眺めていた何代後の蟻だろうね」

智宮らしい発想に、透宮は思わず笑った。何代目か気になるのは、人間についてだけではないらしい。

「あそこは今の僕らにぴったりな場所だと思ったんだ」

「ぴったりって、紀貫之《きのつらゆき》が？」

あの一帯は、かつて歌人の紀貫之の家があった場所で、石碑にも「紀氏遺蹟碑《きのしいせきひ》」と書かれている。

「じゃなくて、篆額《てんがく》を書いた人の方さ」

誰があの字を書いたのか分からず困惑する透宮をよそに、智宮は「一度やってみたかったんだ」と言って壁のくぼみに腰を下ろした。部活で鍛えているからか、窮屈そうに体をすぼめないと入らないようだ。

「あれは三条西季知《さんじょうにしすえとも》の字だ」

ピンとこない。

「宮中クーデターを起こした人だよ」

そう言うと、智宮はいたずらっぽく笑った。「そのせいで官位を剥奪されて、京都から追放されたけどね。いわゆる七卿落《しちきょうお》ちの一人だ」

七卿落ち。ご進講で教わったことがある。たしか幕末の政変に関わったとされた七人の公家が、京都から追放された事件だ。

「僕はむしろ追放大歓迎だけど」

半ば本気でそう言ってから、それより、と透宮は表情を引き締めた。

「お前は大丈夫なのか？」

智宮との接触が禁じられたということは、今回の家出に智宮も関わっていると見なされたからだろう。

「立場がまずくなってやしないか？」

「色々と勘繰る人はいる」

「天皇になりたいばかりに僕を唆《そそのか》した、とか？」

「実際、家出を勧めたのは僕だ」

「でも唆したんじゃない。後押ししてくれたんだ。それに、天皇家のことを誰より考えてのことじゃないか」

「人は陰謀論が好きなんだよ。刺激的だからね。田中正についても同じだ。危険な思想を持った一人の悪党に東京の人々が扇動され、過激化しているという筋書きにスリルを感じる人は少なくない」

「そんな人じゃないんだ。争いごとは何より嫌いな人なんだよ」

「分かっているよ」と智宮は頷いた。「お兄さまが彼の付き人をしていた理由も。それこそ、うちのためだったんだろう？」

照れくささで顔を伏せる透宮をまっすぐに見つめ、ありがとう、と智宮は言った。

「僕も会ってみたいよ。でもたぶん、お兄さまほどは気に入ってもらえないだろうけれど」

意外な言葉に、透宮は顔を上げた。

「お前でもそんなことを思うの？」

そういった感覚を抱くのは、僕の方だけだと思っていた。

「お兄さまは鈍いな」と笑うと、智宮はくぼみから抜け出した。それより、と言って、棒立ちの透宮を椅子に座らせ、自分も向かいのベッドに腰掛ける。

「東京が、荒れているんだ」

「荒れている?」

「園遊会での騒動は、もちろん東京でも報じられた。見方は割れたんだ。無銭飲食だけじゃない、やはりとんでもない悪党なのだと憤る者と、皇帝は東京の窮状を直訴しに行ったのだと擁護する者とに。もともとは、熱烈に支持していた者たちだろう? 裏切られたという憎悪も激しければ、皇帝への崇拝を取り戻した者の熱意も凄まじい。両者が対立し、各地で小競り合いが起きている。家に火を放たれたりということもあるらしい」

透宮は青くなった。今の東京には、還暦前後の消防隊員がわずかに残っているだけだ。消防自動車の数も激減した。そのうえ空き家が多い。火はどんどん燃え広がるだろう。

「治安は悪くなる一方だよ。毎日負傷者が出ている」

東京のアピールに利用したり、熱く支持したり、お尋ね者と糾弾したりと、民の皇帝への態度は変遷したけれど、その足並みは概《おおむ》ね揃っていた。その彼らが分裂し、傷つけあっているという。透宮は愕然とした。そしてふと眉根を寄せた。そんなニュース、どこもやっていなかった。

「いったいどこからの情報なんだ?」

智宮はいったん視線を窓の外に向けた。逡巡する時の彼の癖だ。

「僕は東京にいたから分かるけど、彼らが分裂するとは思えない。フェイクニュースの可能性はないのか?」

「ない」

「断言できるのか」

「内部情報なんだよ」

その答えに、透宮は面食らった。

「どういう意味だ？」

「東京に、オモテの者たちが派遣されているんだ」

オモテ——つまり宮内庁の職員からの情報ということか。

「それをどうしてお前が？」

「おたたさまは身内だけには口が軽いから」

外に話すことが許されないからこそ、家族相手だと油断する。その傾向が、母はたしかに顕著だ。

「でもどうして派遣なんか。皇居の維持なら——」

言いかけて、透宮はハッと顔をこわばらせた。

「その派遣は、いつされたんだ？」

「そこまでは分からないよ」と笑う智宮を見て、透宮は悟った。

弟はこの十七年で、いくつもの微笑みを身に付けた。ため息をつく代わりに。眉を顰める代わりに。すべては周囲をなるべく萎縮させないためだ。そして眼前の弟の微笑みは、嘘を誤魔化すためのものだ。それも、大事な人を守るための嘘を。

「僕のために隠していることがあるね」

智宮の頬が、わずかに力んだ。

「職員が派遣されたのは、僕が東京にいると分かったからか？」

智宮は口を真一文字に結び、やがてゆっくりと頷いた。

「お兄さまが東京にいることは、実は家出のあとすぐに把握されてしまったんだ。もちろん僕は話していない。天皇家の人間はきっと、日本中のどこに隠れても、すぐに見つけ出されてしまうみたいだ。いや、世界中どこでも、かな」

捨てられた東京も、その例外ではなかったということか。

「おもうさまは、すぐに連れ戻すよう言ったんだ」

「おたたさまが止めてくれたんだね」

母が父を説得するさまが目に浮かぶようだったが、いや、と智宮は首を振った。

「止めたのは柴田だ。まあ、おたたさまが相談したことがきっかけだから、正解と言えなくもないけれど」

「意外だな。隠居ですっかり丸くなったってこと？」

迎えに来た時には、もうすっかりかつてのままの柴田に思えた。

「丸くなったのではなくて、僕らのことを見抜ききっていたからだろう。すぐに連れ戻せばまた何かしでかすと危惧したのさ」

「見抜ききってなんかいない。これで充分なんて僕は思っていないもの」

「充分？」

「そう言われたんだ、柴田に。充分満喫なさったでしょうって」

なるほど、と智宮は苦笑した。

「ただ、やはり彼はすごいよ。おもうさまを説き伏せ、おたたさまを安心させ、職員たちには箝口《かんこう》令《れい》を徹底した。手回しもぬかりなかったみたいだ。現に皇室の行事は、すべて滞りなく行われた」

「智はずいぶん、チクチクやられたのだろうね」

「その方がマシだったかもしれない。柴田は分かっていたんだ。家出に僕が関与していることも、僕が決して口を割らないことも。何も聞いてこなかった。だからよけいに恐ろしかったよ」

ずっと籠の鳥だった自分は家出の後、外の世界に慣れるのに四苦八苦したけれど、中に残った智宮も苦労が絶えなかったに違いない。

「条件は何だったんだ」

すぐに連れ戻せばまた何かしでかすと柴田に言われただけで、父がその話を呑むとは思えない。

「職員に僕を監視させ、逐一報告させるとか？」

智宮は言いよどんだが、心を決めた様子で、兄をまっすぐに見つめた。

「監視じゃない。サポートだよ」

「サポート？」

「お兄さまの東京での暮らしを手助けするように、と」

透宮はしばし言葉を失った。

「でも僕は何も――」

「どうかあの子が気づかないようにやってあげてほしいと、おたたさまは何度も頼んだみたいだ」

東京では、自分ひとりの力で生活をしてきた。

見知らぬ土地でも、誰も自分を特別扱いしない世界でも、僕はやっていける。

そう、自信を持てたところだったのに――。

「状況を注視し、何かあればすぐに連れ戻す。そういう条件も付いていたらしい。実際に一度、そう試みている」

「柴田が迎えに来たのとは別に？」

「手荒な方法を採らざるを得なくて、実行役は遺書まで書いて臨んだらしいよ」

手荒な方法。

そう聞いたとたん、あの声が脳裏に蘇った。

——大人しくなさってください。

あれは、皇帝を拉致しようとしたのではなかったのか？　暗さで僕を皇帝と間違えたのではなかったのか？

だがそう言えば、顔に布袋めいたものをかぶせられた時も、ベッドに降ろされた時も、どこか腫れ物に触るような感じがあった。皇帝に敵対する者の仕業だろうという近衛隊の推理に違和感を覚えたのも、そのせいだったのかもしれない。何のことはない、そもそもあれは「拉致」事件ではなく「保護」だったのだ。

あの時に壊れた宮殿の窓ガラスは、すぐに取り換えられた。風が吹き込んで気持ちが良いと皇帝は強がったけれど、皇帝を守るためにもと、民は乏しい材料と職人をかき集め、たちまちに修復したのだった。

そんな民たちが、今、分裂している。憎み、争い、傷つけあっている。

「東京に戻らなくちゃ」

そう呟くなり腰を上げた透宮を見つめ、「そう言いだすと思ったよ」と智宮は笑った。「ただ、東京に行かなくちゃ、と口にするだろうと思っていたのだけど」

透宮は気まずそうに顔を伏せた。そう言えば、僕は連れ戻されてからずっと、東京に——いや、あの幽霊屋敷のような宮殿に、帰りたい、と思っていた。

「少し妬《や》けるよ。東のエンペラーに」

返答に困り、肘掛けを意味もなく撫でる。摩擦で少し熱を持った手を止め、透宮は思い切って尋ねた。

「皇帝はどうなるんだ」

　知りたい。でも聞くのが怖い。

「それがまだ分からないんだ。おたたさまは出発前に、寛大な措置をと頼んだらしい。でも今回ばかりは宮内庁が首を縦に振るかどうか。処分を甘くすれば、世間から批判が出る。下手をすればそれは、皇室批判を引き起こしかねない」

　その憂慮はよく理解できた。不満の矛先は意外なほど容易に向きを変える。

「同じようなことをする者が出てこないよう、周囲はとにかく厳しい処分を望んでいる」

「それは表向きの理由だろう？」と透宮は弟を睨んだ。「ここの者たちは、皇帝のことをずっと目障りに感じてきたはずだ。何が東のエンペラーだ、けしからんと。今なら東京の人々も分裂して注意が逸れている。絶好の機会だと思っているに決まっている。天皇の命を狙おうとしたことにして、皇帝を――」

　排除してしまおう、と。

「天皇崇拝が高じて、過激なことを進言する者がいることも確かだ」

　過激な提案であっても、「陛下の御為」という言葉を纏《まと》うと途端に正当化されてしまう。

「おもうさまはどう言っているんだ」

　頼みの綱は、もう父だけだ。

「それも摑めないんだ」と智宮は首を振った。「普通の家なら、リビングにふらりと顔を出して『ねえ父さん、どう思ってるの？　どうするつもりなの？』と聞けば済む話なのだろうけどね」

　普通の家。それこそが僕の憧れだ。だから弟との会話の中だけでは、両親への敬語も使わないし、智宮もそれに合わせてくれる。

「田中正が渡した手紙の内容にもよると思う。お兄さまには心当たりがないの？」

「東京に関することだろうけれど」と首をひねってから、ピンときた。「ブロック塀のことかもしれない」

「ブロック塀？」

「あちこちで、崩れたまま放置されているんだ。東京には今、工事業者も資材もろくにないから。小さい地震でも崩れていっている」

「大地震はもう六週間後だ」

ＡＩによる地震予測は随時更新されている。東京直下地震についてはすでに日付が弾き出され、今後、時刻も分単位で発表される予定だ。

「だから何とかしなきゃと思いつめて直訴したに違いないよ」

「でも妙だな。それならおもうさまは何か動いたはずだ。被災者の苦しみを誰より知っているもの。人が傷つくと分かっていながら放っておくわけがない」

「手紙を読んでいないのかな？　誰かにそのまま渡したとか」

「それは僕も疑ったんだ。ただ、僕なら開けずにはいられない。エンペラーを名乗る男から渡されたものだもの」

もしもだけど、と智宮は言葉を続けた。

「自分の方がエンペラーにふさわしい、みたいなことを書いていたりすると厄介だな。おもうさまはプライドが高いからね」

あり得ないよ、と言い切ることはできなかった。赤尾のあんな暴露により、自分を支持していた民が一斉に心移りするさまを見せつけられ、ショックを受けないはずはない。いつもの皇帝ならやらないであろうことを、我を忘れて、ということも考えられる。

郵便についての陳情を受け、仕分けや配達に奮闘した。ゴミ問題を解決すべく、収集を手伝った。ホームレスたちと膝を詰めて話をした。街灯によじ登って電球を取り替えた。ゲリラ豪雨の時は避難誘導の先頭に立った。民の運動不足解消のために、使われなくなった小学校のグラウンドでラジオ体操の会を催した。

皇帝がやってきたことは、父の被災地慰問などに比べればささやかだけれど、でもそれらは、父がたとえどんなにやりたいと望もうと、決して許されないことばかりだ。だからこそ不安なのだ。もしそれらを手紙に書き連ねていたとしたら、厳罰を求める周囲の声に父は同調してしまうかもしれない。

「田中正があんな騒ぎを起こしてくれたおかげで警備が外向きになって、前よりは動きやすくなっている。今こうしてここに来られたのもそのおかげだ。でもさすがに、お兄さまをまた家出させることまでは難しそうだ。それこそ蟻一匹勝手に塀を行き来させやしないという感じの警備だもの」

「皇帝は留置場なの？」

「それさえ分からない。でも情報がこれほど摑めないってことは、特別な措置を取っているからだと思う」

「特別悪い措置、じゃないよね？」と透宮はすがるように問うた。

「気休めの言葉が欲しいなら何とでも言うけど、そういうのは嫌いでしょう？」

頷く透宮を、智宮は少し安堵したように見つめた。良かった、僕の知る兄のままだ、というように。

「情報は引き続き探ってみる。何か分かったらすぐに知らせるよ。またシュロの判を押して」

「素敵な判だった」

「覚えていないの?」

「え?」

「あれはお兄ちゃまが彫ってくれたものだよ」

幼い頃の呼び方を口にし、軽くむくれてみせる智宮の顔には、やはり微笑みが残っている。

「公式のデザインのものよりずっと気に入っているんだ。だからいまだに年賀状にも押している。部の仲間やクラスメイト達にも好評だよ。そう、彼らにも情報収集を頼んであるんだ。SNSに強いし、圧力や忖度とは基本的に無縁だからね。意外とそういうネットワークから分かることも多い」

「そういうのも、失うかもしれないよ」

腰を浮かせかけた智宮は、呟きのような兄の一言に首を傾げた。

「失う?」

「僕らなりの抵抗が成功したらの話さ」

「つまり、僕が皇太子になったらということだね」

「お前の性格なら、僕よりずっとうまくやれるだろう。お前がなるべきだと、今でも思っている。でも、失うものは決して少なくない。自由度がまるで違うんだ。友達と気軽に、なんてこともできなくなる。それでもお前は天皇になりたいのか?」

浅はかな憧れだけでそんなことを口にする弟でないことは百も承知だった。それでも透宮はうまく信じられないのだ。自分が捨てたくて仕方がない生き方を、なぜそんなに欲しがるのだろう?

智宮は再び腰を下ろした。

「僕は、おもうさまに近づきたいんだ」

「憧れているのは知っている」

「もちろんそれもあるけれど」智宮は言葉を止め、こんがりと日焼けした腕をしばらくさすった。

「お兄さまが思うより、僕は屈折している」

「智が屈折してるなら、僕なんかひどいものだ」

おどけるように言ったが、智宮は窓の外に視線を逸らした。また逡巡している。口を開いたのは、数分が経ってからだった。

「おもうさまもおたたさまも、僕らを同じように育てたと言う。そうしようと努力したのは事実だろう。でもそんなのはしょせん無理な話だ」

「僕は帝王学を叩きこまれたし、智は僕を立てる振る舞いを叩きこまれた」

「それだけじゃない。僕がこだわっているのは、量の話だ。強さとも言えるかな」

「何の？」

「愛情だよ」つとめて淡々と、智宮は言った。

「僕らは九分違いでこの世に生まれた。でもその違いは決定的だった。特におもうさまにとっては。おもうさまが五十四、おたたさまが四十二で僕らは生まれた。ひそかに不妊治療を続けた末の、待望の子供だった。この子が自分の後を継ぐのだと、おもうさまはお兄さまを抱きながら思ったはずだ」

「お前に対してだって――」

智宮は激しく首を振った。

「僕はずっと感じてきた。おもうさまの僕に向ける視線と、お兄さまに向ける視線は明らかに違うと」

「僕らの性格が違うからだろう」

「より愛された方には感じ取れないことがある。違いに気づくのは、いつだって足りない方なんだよ」

「褒められるのは、いつだって智の方だったじゃないか」

「求めるレベルが、違ったからさ」

僕はずっと、弟がうらやましいと思ってきたのに。

「日本国の、そして日本国民統合の象徴として、人々の幸せのためにこの人生を捧げたいという思いも決して嘘じゃない。でも皇太子になれば、ようやくおもうさまが、お兄さまに向けていたような目を僕にも向けてくれる気がしたんだ。目というか、無自覚の愛情とでも言うのかな」

無自覚の愛情。そんなものが本当に、僕に注がれていたのだろうか。

「おもうさまは生前退位をお望みだ。無事に退位をして、僕が天皇になれば、この特殊な地位に立った者にしか分からない思いを、地球上でたった二人、僕とおもうさまだけが共有できる。きっとそれは、二人にしか通じない言語みたいなものだ。それをお兄さまとおもうさまが話して僕は蚊帳《かや》の外というのは、耐えられないとも思った」

弟が、自分が考えもしなかったことを渇望し続けてきたのかと思うと、透宮は言うべき言葉が見つからなかった。

沈黙を払うように、「というわけで」と智宮は自分の膝をぱちんと叩きながら明るく言った。

「僕はまだあきらめていない。色々と変えていきたいこともあるしね」

「この先、あとを継ぐ者たちのために？」

「中にいる人間が変えようとしなければ、変化は絶対に見込めないから」

智宮が出て行った後もしばらく、透宮は動けなかった。もし九分後に生まれたのが自分だったら、やはり同じように感じたのだろうか。そして天皇になりたいと願ったのだろうか。

仮定の話など、考えるだけむなしいと分かっている。もしこの家に生まれなければ。もし男ではなく女だったら。そんな想像ばかり昔から繰り返してきた。でも智宮は、もし僕の方が先に生まれていたらと、そればかり思い浮かべてきたのだろう。

透宮はクローゼットの扉を開け、紅色の箱の中から、最も奥のものを引っ張り出した。蓋を開けたとたん、かすかにカビの匂いが漂った。使いかけの画材が詰め込まれている。パレットなどを取り出すと、目的の彫刻刀セットが底の方に見えた。智宮は好きだと言ってくれたけれど、今の智宮にはもっと似合うシュロがある。その判を無性に作りたくなったのだ。

隙間に差し込んだ手が、彫刻刀の入ったプラスチックケースにたどり着く前に、懐かしい肌触りを感じ取った。水彩紙だ。抜き取ったそれは、乱暴に折り畳まれている。開く途中で「金賞」と書かれた紙の札が落ちた。ということは、これは――。

桜色の校舎。その中央に掲げられた丸時計。土のグラウンド。小さめの池と滝。色とりどりの花が咲く花壇……。

あの絵だ。

将来の天皇がお描きになられた絵ですから、御文庫に御物《ぎょぶつ》として保存致します――そう柴田に言われ、それまでの作品はみな預けてきたが、あの女子部員の発言を聞き、それが耐えがたくなった。だから卒業の際、顧問の先生から返却されたこの絵を折り畳んで鞄に隠したのだ。だが柴田や、身の回りの世話をする内舎人たちに気づかれずに捨てるのが難しく、箱にしまい込んだ。

この家に生まれなければ、金賞を取ることはなかったであろう絵。この「金賞」の札も、本来ならば作品に貼りつけるのだろうけれど、御物にそんなことはできないと憚ったに違いない。絵が行方不明だとしばらく騒ぎになり、自分の失態だと柴田は父と母に頭を下げた。いま思えば、柴田ならきっと僕が隠したと見抜いていたはずだ。

僕はずいぶん色々なことに気づかず生きてきたのだなと、夕食の際も打ちのめされたような気分だった。広々とした食堂のテーブルには透宮一人分の、栄養バランスや塩分が考え抜かれたメニューが並んでいる。戸口付近に控える柴田はこちらから話しかけない限り、あるいはテーブルマナーを間違えない限り、無言の行だ。東京での暮らしを経た今となっては、誰かに張りつかれて食事をするのは息が詰まる。残せば大膳課の料理人たちは何が問題だったのかと悩むし、体調がすぐれぬのではと柴田が心配するから、どんなに食欲がなくても食べきらねばならない。

幼い頃は、家族みなで食べることも多かった。母がキッチンに立つ姿も目にした。せめて一品は母の味をと、よく朝食のおみおつけを作ってくれた。透宮は手にした漆《うるし》の椀を眺めながら、母が切る豆腐はもっと大ぶりだったなとか、ネギの厚みは不ぞろいだったなと懐かしく思いだした。そういう切り方に、母のおおらかな性格がよく表れていた。大口を開ける笑い方が皇后としてふさわしくないと注意を受けると、殊勝な顔で応じるものの、透宮の耳元で「でも陛下はそこに惚れてくださったのよ」と茶目っけたっぷりに囁くような人だ。そんな性格は父とは対照的で、皇族にはいないタイプだから、物珍しさが父の心を捉えたところもあったのかもしれない。母方の祖父は地学を専門とする著名な大学教授で、教授が中心となる学会の手伝いに娘である母が参加し、当時皇太子だった父と出会った。天皇家に嫁ぐ決意ができるのだから、相当肝の据わった性格であることは間違いない。鬱々としがちな透宮は、ずいぶん救われた。

そんな母ではあったが、息子の不登校にはさすがに戸惑ったようだ。医師や心理学の先生を皇居に招いては相談を重ねた。体を鍛えればストレス解消になります、ただし競わせるものはお勧めできません、ランニングなどいかがでしょう、皇居内を毎朝走るのです——。そうして始まった母子のランニングは、三日目に透宮が派手に転んで足をくじき、あっけなく終了した。そう言えばこのCDもその頃に贈呈されたものだったなと、甘鯛の松笠揚げの、パリパリとした鱗《うろこ》を嚙む音に邪魔されながら、食堂に響くハープの音色に耳を傾ける。音楽がよろしいかと、と勧める者があったのだ。居合わせた観客に物珍しそうに見られるのが嫌で、コンサートへの出席は断り続けていたのだが、一度だけ母にどうしてもと言われ、渋々同行した。

この楽器の音には、聴く者の緊張や不安を和らげる効果があるらしいの。だから海外では手術中に生演奏を行うこともあるそうよ。

ハープ奏者が壇上に上った時に母にそう耳打ちされ、透宮は心の中で首をひねった。手術室にこんな大きなものを持ち込むのだろうか。奏者が弦をつま弾くその横で、医師が患者の腹にメスを入れるのだろうか。

結局、コンサートの人の多さを苦手とする気持ちの方が勝《まさ》り、それきり足を運ばなかったけれど、ハープの音はたしかに心地よく、食事の際には時折このCDを流してもらっている。皇后さまもよくお聴きになられますと柴田が言っていた。弟だけではない。うちの人間はみな、それぞれ苦しみを抱えている。やはり誰かが変えていかねば、いつかガタが来てしまう。

デザートは柿だった。もうそんな季節か。くし形に切られた柿にフォークを刺しながら、ハープでロックを奏でることはできるのだろうかと、ふと思った。東京の安アパートで聴いたあの曲たちをハープで弾いたらどんな感じになるだろう。そんなコンサートなら行ってみたい。室内より野外の方が、気持ちが良さそうだ。日比谷公園にステージを作るのはどうだろう。それならきっとリラックスして聴くことができる。観客席には皇帝はもちろん、漫画喫茶の金髪のロッカーや、商店街の音楽ショップの店主もいる。そして終演後に、皆で感想を述べあうのだ。ハープなんかより俺の弾き語りの方がよほど人を癒すぜと、金髪の彼はギターをつま弾くかもしれない。ならば聴かせてみよ、と皇帝は目を輝かせる。音楽ショップの店主は、慌てて録音ボタンを押す。きっとカセットレコーダーだ。意外に便利なんですよ、このアナログ感が何とも言えなくて、とCDを買いに行った時に勧めてきた。

ベートーヴェンの「英雄」が好きな皇帝は、彼がかき鳴らすギターをどう思うだろう？　きっと自分も弾いてみたいと言い出す。そして僕に聞くのだ。どちらの方がうまかったか、と。ロッカーの方が上手に決まっている。だから僕はそう答える。皇帝は間違いなく拗ねるだろうから、僕はこう付け加えるのだ。でも皇帝のギターにはすごく癒されました、と。それはきっと真実だ。妙な対抗心を燃やして弦をつま弾く皇帝の姿はほほえましいに違いなく、それこそどんな高級なハープの音色よりも僕の心を――。

心？

「宮様。はしたないですよ。宮様！」

柴田の声で我に返り、透宮は慌てて咥えたままのフォークを唇から離した。

そうか、だからディートリヒシュタイン伯爵だったのか！

透宮は猛然と残りの柿を食べ終え、部屋に飛び戻った。パソコンの電源を入れる。漫画喫茶のおかげで、ネット嫌いもだいぶ克服できた。「音楽療法」と書き込み、検索をかける。音楽セラピストや音楽療法インストラクターの資格取得をうたう広告も多かったが、専門家による記事や論文も見つかった。音楽を聴いたり、楽器を演奏したり、歌を歌うことで、心身の障害の機能回復が見込まれるという。第二次世界大戦中、アメリカの野戦病院で音楽を流したところ、傷病兵の回復が早まったという報告もあった。音楽による治療の歴史は古く、旧約聖書にもその記述があるらしい。サウル王の心の病を、ダビデが竪琴により治したという。

竪琴！

その二文字に、透宮は釘付けになった。

ハープは、まさに竪琴の一種だ。検索結果の中には、ハープセラピーについてのものもある。ハープの生みだす周波数に、聴く者の心拍数を落ち着け、緊張や苦痛を和らげる効果が認められるそうだ。ハープの起源は狩人の弓にあるらしく、紀元前三千年には古代メソポタミアでその原型が記録されている。音量を増すための共鳴胴や、音程を安定させるための柱が加わるなどして改良されたハープは、吟遊詩人たちによってヨーロッパ大陸に広められた。

だがハープの普及に何より貢献したのは、一人の王妃だった。マリー・アントワネットである。彼女が自ら宮殿やサロンで演奏したことで、十八世紀、フランスの上流階級にハープが大流行した。そのマリー・アントワネットの甥こそが、オーストリア帝国の最初の皇帝・フランツ一世である。彼もまた、叔母同様にハープに親しんだ可能性は高い。ハープがもたらす心身への効果についても、知っていたのではないか。

だからこそ、孫の記憶から過去を消し去る重要な任務を、医学ではなく音楽に精通したディートリヒシュタイン伯爵に託したのだ！

医学の範疇を超えているため、百川医師には調べがつかなかっただけで、記憶に働きかけるハープ療法は今も行われているかもしれない。田中正はそれを受けに渡航したのではないか。幼い頃、死に直面した水難事故のトラウマを克服するために。だがその治療は、トラウマに関する記憶だけに作用するのではなく、過去を丸々消し去ってしまうという極端なものだから、世にはあまり広まっていないのだ。あるいは過去を完全に消すためには、他の誰かの人格を植え付けねばならないのか。とにかくその「誰かの人格」というのが、田中正の場合、かつて同じようにハープ療法を受けたナポレオン二世だったのだ、きっと——。

パソコン画面からふと視線を上げると、窓の向こうはもう真っ暗闇だった。そのどこかでカラスが鳴いた。心底呆れたような声で。推理が的外れだからだろうか。それとも、こう言いたいのだろうか。

ようやく分かったのか、と。

皇帝についても東京についてもめぼしい情報が摑めぬまま、日々が過ぎた。ご進講の合間を見つけては、紀貫之の石碑に向かったけれど、智宮からの便りはなかった。今日もまた蟻の行列を眺めては、焦る気持ちを落ち着けようと試みる。皇帝はきっと無事だ。どこかでカラスと散策をしているに違いない。

御所に戻ろうと立ち上がり、御常御殿《おつね》の方に向かいかけたが、足が止まった。昨日、外国訪問から父母が帰国した。今夜あたり、お呼びがかかるかもしれない。家出以来だ。どんな顔をして会えばいいのだろう。悶々としたまま、北池に沿うように歩く。視界の端に、ひなびた屋根が見えた。又新亭《ゆうしんてい》だ。

大宮御所の南東から仙洞御所の庭園へと抜けるあたりに佇むその茶室が、透宮は昔から好きだった。茶室としては、南池のほとりにあるこけら葺きの醒花亭《せいかてい》が有名だが、それよりもこぢんまりとしてわびしい雰囲気の又新亭の方が落ち着くのだ。その窓のひとつが、下が一部直線で切り取られた丸窓で、地平線に沈む太陽を彷彿とさせる。これのどこが良いのと首をかしげた幼い智宮は、庭園全体を眼下におさめる絶好の場所にあり山桜も愛でられる醒花亭の方がお気に入りだった。

今でもそうだろうかと思いながら立ち去ろうとして、何かが心に引っかかった。窓の前の垣根に目を留める。細い丸竹を縦方向に組子にした、腰の高さほどの四つ目垣だ。小枝がわずかに残されているのは、笹の葉の感じを出すためで、垣根でありながらより自然な姿に近づけようとした先人の知恵だと母から聞いたことがある。

垣根——。

透宮の脳裏に、崩壊したブロック塀がよぎった。工事業者もあらかた引き上げてしまった今の東京で、ブロック塀を修復するのは不可能だ。解体が必要だが、壊して終わりというわりにはいかない。遮るものが何もなくなるのは人々も困るはずだ。実際、視察の際にそういった声が聞かれた。竹垣では組んだ竹の隙間から丸見えになってしまうが、宮殿前のスポーツセンターの庭の草木は、人目を遮るのに充分なほど茂っていた。そう、草木なら今の東京に溢れんばかりにある。それをうまく利用すれば——。

秋めいた風が吹き、楓の枝葉の向こうに人影が見えた。飛び石の向こうにひっそりと立つ外腰掛《そとこしかけ》に誰かが座っている。透宮はアッと息を呑んだ。

父だ。

ネクタイまで締めたスーツ姿。たとえ公務が無かろうと、父はいつもその格好だ。こけら葺き屋根の下で、いつものように背筋をピンと伸ばしている。手は行儀よく太ももに置かれ、肘は古武士のように外に曲がっている。お前の時代はもう少し肘を張らない方が好まれるかもしれないと、そんなことを言われたこともあった。袖壁上部の空洞から差し込む陽が、父の顔を照らしている。目は閉じられていた。瞑想をしているのかもしれない。音を立てぬように後ずさったが、中門を出るより先にその両目が開かれた。

硬直したように立ち尽くしていると、隣に来るように視線で示され、透宮は仕方なく飛び石を踏み進んだ。隣に浅く腰掛ける。「姿勢が悪い」と早速注意され、慌てて背筋を伸ばした。家出の件をまず詫びるべきだろうか。だがあれは天皇家のためにやったのだから、詫びるのは違うのではないか。でも迷惑をかけたのは事実だろうし……などとめまぐるしく思考を巡らせる透宮に、父はポケットから抜き取ったある物を差し出した。白い封筒だった。戸惑いながら受け取り、中の便箋を取り出す。

開いたとたん、見覚えのある達筆な文字が飛び込んできた。


朕は東京帝国初代皇帝、田中正である。

貴殿に申しつけたきことがあり、一筆したためた。


貴殿のご子息は声が小さく、覇気に欠ける。

歩みが心持ち遅いため、散策や視察に時間がかかる。

食事はそれ以上に遅く、しかもあまり美味しそうに食さぬ。それは作った者に失礼である。

遠慮深すぎて、何を考えているのか分からぬことがある。

絵はなかなかのものであるが、消しカスを掃除せぬ。

靴磨きが驚くほど下手である。少し上達した。

ため息が多い。これはだんだん増えた。

平気ではないのに、平気ですと言う。

なかなか問題の多いご子息ではあるが、付き人としては悪くない。

引き続き朕に仕えるよう、伝言されたし。

十月四日

東京帝国　初代皇帝　田中　正

涙でみるみる文字が滲んだ。腹の底のあたりが、じんわりと熱くなる。

皇帝は、天皇に手紙を渡したかったのではなかった。

僕の父に渡したかったのだ。

「こんなに失礼な手紙を受け取ったのは、生まれて初めてだ」

「申し訳ありません」

皇帝の代わりに謝る透宮に、だが、と父は言葉を続けた。

「こんなに嬉しい手紙も、生まれて初めてだ」

意外な言葉に、透宮はようやく父の顔を見た。

「自分の息子を心から愛し、必要としてくれる誰かがいる。親として、こんなに嬉しいことはない」

これまで見たことのない、柔らかく自然な笑みが父の横顔に浮かぶのを、透宮は呆けたように見つめた。

いや――もしかしたら、父は以前からこんな風に微笑んでいたのかもしれない。たとえば研究所で僕を膝に乗せながら。でも帝王学を叩きこまれるようになった頃から、僕にとって父は自分の模範解答としてしか映らなくなった。こうあらねばならないという意識は緊張と窮屈さを生み、僕は勝手に父の素顔にヴェールをかけたのだ。

「お前に聞きたいことがある」

「はい」

透宮は居住まいを正し、父を見つめた。

「東京は終わる――識者たちも官邸も皆そう言う。お前はどう思う」

少しの沈黙の後、いいえ、と呟くように答えた透宮は、先ほどの手紙の文面を思いだし、今度は腹に力を込め、「僕はそう思いません」と言った。

「この男への支持と不支持で東京の人々は争い、混乱していると聞くが」

「地震が来れば、さらにひどい有り様になるでしょう」

「それでも終わらないと?」

「はい。僕が思うよりもずっと、人も土地もしぶとい。それが、東京で知ったことのひとつです」

どのシャッター街でも、意地のように営業を続ける店が一軒はあった。そういう店の店主たちは、来てくれる客が一人でもいる限りシャッターを開け続けると言った。企業が去った高層ビルの窓には、ぽつりぽつりと明かりが灯っていた。雨露しのぎに住みついたホームレスたちだった。そのうちの一人は、「昔ここをリストラされたんだ。でも今は俺がフロアの支配人さ」と笑った。住職が関西に逃げた寺の墓を、たびたび掃除しに来る老婆がいた。「徳を積んどきゃあ、地震で死んじまっても、天国に行かしてくれるだろうと思ってね」とウインクした。映画館が次々と閉館になり、新作映画が配給されない中、独自の趣向を凝らしたＤＶＤ上映会が各地で行われたり、新刊本が入らない分、古書店街がにぎわい、古典の人気が復活した。廃刊の噂もちらついた東京新報は、皇帝ネタを機に部数を伸ばし、今や東京でのシェアは九割近い。そしてしぶとい筆頭にあげられるだろう皇帝は、まだこれからも、付き人を従えて皇帝としての責務を果たす気らしい。

「僕は人々のしぶとさを、素敵だと思いました」

だから東京は、決して終わらない。

「ずっと、気にかかっていた」

父は木漏れ日が差し込むあたりに視線を向け、静かな口調で切り出した。

「東京から京都へ住まいを移してほしいと、宮内庁を通じて政府から要請があった時、私は断った。東京を見捨てるようで、とても受け入れられないと」

風が頬を撫でる。垂れた枝葉がこけら葺き屋根とこすれ、頭上でカサカサと音を立てた。景色がひそやかな動きを見せる中、父は微動だにせず話し続けた。

「議事堂を移したければ移すがよい。省庁も官邸も自由にすればよい。だが私は皇居を動くつもりはないと幾度も突っぱねた。しかし、もはや国民はパニックを起こす寸前にある、両陛下が年単位の長期計画で住まいを移すことが、混乱なく国民を東京から避難させる唯一の方法だと訴えられた。どうか国民をお救い下さいと内奏で言われたよ。それが殺し文句になると分かっていたのだろう。

私は受諾するしかなくなった」

しかし、と父は絞り出すように言って顔を伏せた。

「それが正しい判断だったのか、今でも分からない」

透宮にとって、父はいつも正解を提示してくれる人だった。その父から「分からない」という弱音を聞いたのは初めてのことだ。

「責任をもって都民の避難を完了させます、東京を見捨てるようなことは決して致しませんと彼は約束した。総理大臣も、私とは違う意味で国を背負っている。だから信じることにしたのだが──」

実際に国がやったことは、父の想像とはまったく異なっていた。

皇居からの引っ越しと、それに関する「お言葉」がなければ、たしかにパニックは起きていたかもしれない。多くの者を救ったのは事実だろう。それでも、父は苦しみ続けた。

「東京に残る人々のことが、頭から離れたことは片時もない」

顔を歪める父を見つめ、透宮はひしひしと感じた。やはり天皇は孤独だ、と。その壮絶な孤独を伴う重責を、いつの時代も、日本中でたった一人が背負わねばならないのだ。

「そのお言葉を聞いたら、東京の人々はみな喜ぶと思います」

自分の正体を赤尾によって暴露された時、天皇家はまだ自分たちを見捨てていなかったと彼らは喜んだ。

ならば、と父は透宮を見やった。

「お前が、伝えよ」

え、と思わず聞き返した透宮に、父は言った。

「私の代わりに、東京を慰問しなさい」

第八章

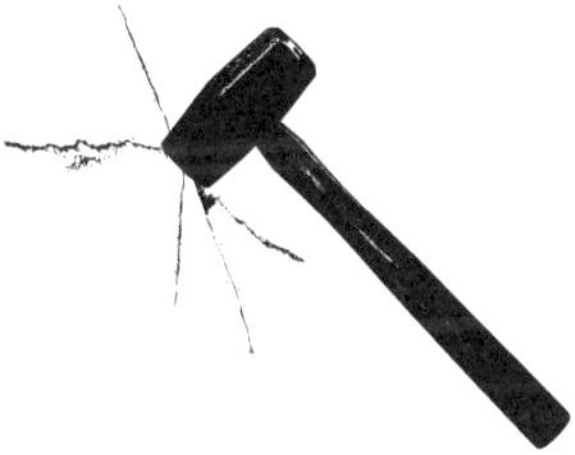

東京は割れていた。黒い波と白い波が、宮殿に押し寄せている。皇帝がこっそりと戻ってきているという噂が流れ、支持者と不支持者が一斉に詰めかけたのだ。

「よくこの地に戻ってこれたもんだ。今度は王様でも名乗る気か！」

「帰還を祝福すべきだわ」

「無銭飲食者を祝福なんて、冗談じゃない」

「皇帝御用達で散々儲けといて、厚かましいのはそっちだろ！」

「僕が許せないのは国債だね。よくもあんなインチキ売りつけやがって」

「別に強引に売りつけたわけじゃない。みんな自分の意思で買ったんでしょう。しかも四斗辺さんが払い戻してくれてる。何も損してないはずです」

「損得の問題じゃない！　うちらを騙していたのが許せないんだ。無罪放免なんて信じられん」

「何も罪を犯してないんだから、当たり前よ」

「うちらをペテンにかけたし、陛下を襲っただろうが」

「襲ったなんて大げさな。釈放されたってことは、法的に問題ないからさ」

「透宮さまのことをネタに脅したんじゃねえか」

「脅されるような何かが透宮様にあったっていうの？　それこそ失礼だわ」

「失礼なのはカラス皇帝の存在そのものだろうが」

「手紙を渡したのだって、きっとうちらのためだったんですよ。直訴ですよ。昔もあったでしょう。公害の被害を天皇に訴えた人が捕まった事件が」

「大昔の話だろ」

「明治はそんな昔じゃありません。あれも確か不問のまま釈放されてます。私たちはむしろ皇帝の勇気ある行動に感謝すべきです」

「感謝？　正気で言ってんのか？」

「東京のために、民のために、あんだけ尽くしてくれた人を悪党だなんてよく言えるな！」

「民！　そもそも民ってなんだよ。東京帝国ってなんだよ。俺らは日本人だろうが」

「それを捨てようとしたのも私たちよ」

「あいつに騙されてな！」

白い服を着た男は、怒りを込めて宮殿を指さした。

ああ神様、と指を向けられたアパートの三階の窓辺で、大家の老婆は両手を握りあわせた。一人の奇妙な男を住まわせたために、大変なことになってしまった。アパートの前の通りは、皇帝を支持する黒い集団と、それに対抗して白い服装に身を包んだ反皇帝の集団で埋め尽くされている。互いに攻撃的な言葉を吐く彼らは、スポーツセンターの庭にも入り込み、フェンスを揺さぶり、踏み倒さんばかりの勢いである。枝は折られ、草花は踏みつけられ、鳥は悲鳴のような鳴き声を上げながら飛び立った。

罵声の応酬程度でぎりぎり保たれていた均衡が、長く続くわけはなかった。誰かが石を投げた直後から、方々で殴り合いが始まった。鼻や額から血を流す者が出ると、血の臭いを嗅ぎつけたサメのように群衆はさらにヒートアップした。けだものと化した者たちを、大家は窓から呆然と眺めた。ここから逃げ出したいけれど、あの群衆のあいだを縫って逃げるなど到底無理だ。ここの大家だと知られれば、反皇帝派から何をされるか分からないし、それを見て皇帝支持派はさらに過激になるだろう。

みすぼらしい男だった。舞台衣装のような一張羅に身を包み、羽根飾りの付いた山高帽を得意げに被っていた。毎朝十時に散策に出るのが日課で、その前に決まって賃料の五百円を届けに来た。付き人の青年もいたけれど、彼に頼むことはせず、自らうちの呼び鈴を鳴らし、胸ポケットから五百円玉を差し出すのだ。百円玉五枚だったり、千円札で二日分などということは一度もなく、いつも五百円玉一枚をきっちり用意するあたりに、男の誠意のようなものが感じられ、宮殿と呼ばれるようになったことには戸惑いもあったが、大家はこの借主を好ましく思っていた。

だがそれも今、すべて後悔に変わりつつある。あの男に貸しさえしなければ、こんなことにはならなかった。そう思うそばから、ガラスが割れる音がした。群衆が投げた石が一階の窓を割ったようだ。またか、と大家は思った。拉致未遂事件以来、二度目だ。その時は、人々がこぞって修復を手伝ってくれたけれど、今度はどうなるのだろう。費用は誰が持つのだろう。いや、それどころではない。この三階にも石が飛んでくるかもしれない。

窓から遠ざかりながら、あの事件後に出ていかせていたらと後悔に駆られた。ゴールデンパレスという名をつけたことすら悔やまれた。宮殿らしい物件をと探していた付き人の青年に、ある意味ではこれも宮殿っぽいですよと不動産屋は勧めたという。

「皇帝万歳」と「出ていけ悪党」の声が入り乱れ、建物全体が揺れているように感じられる。古いアパートだ。崩れはしないだろうが、火を放たれでもしたら――。

ふいに怒号が止まった。何事かと窓から見下ろすと、玄関から皇帝が出てきたところだった。いつもの黒い制服に羽根飾りがついた山高帽。杖を持った手を高く掲げ、「朕は」と声を張り上げた。これで事態が収拾する――わけもなかった。次の瞬間には、皇帝の姿は群衆に飲み込まれた。二つの波がぶつかり合うまさにその中心で、羽根飾りが揺れていた。黒い波と白い波がもみ合い、羽根は右から左へ、左から右へ、なすすべもなく翻弄されている。再び激しくなった怒号で何も聞こえないが、あの男は何か訴えているのだろうか。決起集会の時のように。それとも自分のせいでいがみ合う人々を前に、言葉を失っているのだろうか。

憎悪の渦のまさにその中心で、羽根飾りが消えた。帽子が落ちたようだ。そうなるともう、あの男がどこにいるのか、まるで分らなくなった。老眼鏡越しにいくら目を凝らしても、皇帝と呼ばれた男の姿を見つけることができない。

もう夢を見る時期は終わったのだと大家は思った。皇帝のもと東京が復活するという夢から覚め、途方もない失望を受け止めねばならない時がついに来た。

そう自らに言い聞かせる大家は、群衆の後方から嵐が凪《な》いでいくようなさまを見て取った。それは徐々に前方へと広がっていく。そしてモーセの海割りさながら、人の海原は左右に割れていった。

その間を、誰かが歩いてくる。ゆっくりとこちらへ向かってくるその人物に、大家は目を瞠《みは》った。

眼鏡をかけていないからとか、ポロシャツではなく糊のきいたシャツ姿だからとか、髪が綺麗にセットされているからだけではないだろう。「朕は今日からここに住むことにした」と妙な挨拶をしに来た男の背後に、かつて影のように立っていたひ弱な青年は今、決然としたものを漂わせながら、群衆の割れ目を突き進んでくる。

大家は部屋を飛び出し、階段を駆け下りた。まるで若い時分を体が思いだしたかのように。一階まで一気に下り、玄関を出る。青年は――いや、皇太子は、百メートルほどのところまで近づいていた。先ほどまでいがみ合っていた二つの群衆は、息を詰めてその姿を目で追っている。皇太子に引きつけられるように、大家は玄関前の階段を下りた。

だが皇太子は、玄関の手前で足を止めた。腰をかがめ、地面から何かを拾った。踏みつぶされた山高帽だった。羽根飾りも無残なことになっている。皇太子は凹んだ帽子のトップを膨らませ、汚れを払い、羽根を丁寧に撫でつけて整えた。それから辺りを見回した。さまよう視線が、アパートの近くに立つ一本の銀杏を捉えた。皇太子はそこへと向かい始めた。

人々が固唾を呑んで見守る中、皇太子が銀杏にたどり着く。幹の向こうに、黒いものがちらりと見えた。人影だ。騒ぎの渦中にいたはずの男は、いつの間にか群衆から抜け出て木に隠れていたのだ。

正統なエンペラーの息子が、エンペラーを名乗る男の前に立った。辺りは緊張をはらんだ静寂に包まれた。何を言うのだろう。その声を聞き逃すまいと、人々は耳をそばだてた。

だが皇太子は何も言わない。じっと男を見つめたかと思うと、スッと片膝を地面についた。そして男に向けて山高帽を差し出し、首《こうべ》を垂れた。

銀杏の幹の陰から、あの男が出てきた。山高帽を受け取る。羽根飾りを愛おしそうに撫でると頭にかぶり、几帳面にその角度を直した。それを見つめながら大家は思った。

男はここに戻ってきた。逃げたのではなかった。そして皇太子は、その男に首を垂れている。

それが、答えなのだ。

そう感じたのは、どうやら大家だけではなかったようだ。群衆の中から、白い服の男が一人歩み出てきた。ぶっきらぼうに、皇帝に何かを差し出す。杖だった。もみくちゃになる中で、皇帝の手を離れたのだろう。

それを受け取ると、皇帝は群衆を見渡した。つと高い鼻を上げ、声を響かせた。

「朕は、東京帝国初代皇帝なり！」

「何かお困りかな？」

皇帝が、また民にそう尋ね回る日々が始まった。

戸越のスーパーマーケットにぼんやりと立つ、猫の柄のシャツを着た女性は、「困っているというか」と答えるなり涙目になった。

「うちのタマが、いなくなっちゃったんです。ある朝起きたら、どこにもいなくて。もう二か月も経つんです。必死に捜したけど全然」

きっと無事だと信じている、だからこうして毎日タマの好物を買い続けている、見つけ出すまでは東京を離れられない、と絞り出すような声で話す女性の目は落ちくぼんでいて、買い物かごにはシラスしか入っていない。

「毎日気が気じゃなくて。どこかでひっくり返ってたらどうしよう」

ひっくり返る？

困惑する青年の傍らで、「ひっくり返るのは致命的だ」と皇帝は頷いている。

「首をつき出す仕草は実に愛らしい」

「そうなんです！」

「朕ほどではないが、彼らは優雅である。足の運びなど、泰然としていて素晴らしい」

「ああ、皇帝！　お分かりいただけて嬉しい！」

「それで、甲羅はどのような模様ですかな？」

タマと名付けられたのは、家の水槽で飼っていたミドリガメらしい。皇帝はなぜ亀だとすぐに分かったのだろうと不思議に思う青年をよそに、皇帝はスーパーを出るや裏手に回った。ゴミ置き場にはカラスがいて、皇帝が杖の音を響かせて近づくと、ゴミ袋をつつくのをやめてこちらを見た。

特に話しかけるでもなく、カラスの方も鳴くでもなく、互いに少しのあいだ見つめ合うと、やがて皇帝とカラスは並んで歩き出した。ゴミ置き場の狭いスペースをぐるぐると歩き回る皇帝の横を、カラスがピョンピョンとジャンプするようについていく。やがて皇帝の足が止まった。カラスは天に向かってカアと大きく鳴き、飛び立った。

タマが戻ってきました、と女性から歓喜の電話が宮殿に掛かってきたのは、三日後のことである。どこかの排水溝や公園の池で見つかったのではなく、朝起きたら、家の水槽にいたという。いなくなったのは夢だったのではとさえ女性は思ったようだが、玄関の戸の隙間から水槽までタマが歩いたとおぼしき濡れた跡があったそうだ。少し痩せていたのでシラスをたくさんあげました、と女性はやはり涙声で話した。

日暮里駅のベンチに座っていた男は、「何かお困りかな?」という皇帝の問いに、片思いの相手の気持ちが分からないと頭を抱えた。彼が想いを寄せる女性は、電車の車掌をしているという。地震予測後、電車の本数は減らされ、車掌も次々と他県へ異動となった。彼女もいついなくなるかしれない。ホームなどで目が合うと微笑んでくれるけれど、乗客にはみなそうするのかもしれず、告白する勇気が出ないと男は肩を落としながら話した。青年は相談相手を間違えている気がしてならなかったが、藁にもすがるような男の相談を、皇帝は、よく分かるとでも言いたげな様子で聞いていた。そしてホームを杖でトンと突いて言った。

「朕が仲人になろう。これは大変な栄誉であるぞ」

妙な先走りをしそうな皇帝に男は慌てたが、勢いづいた皇帝は誰にも止められない。皇帝は電車が来るごとに車掌室を覗き込んだ。そうして四時間後、とうとう男の意中の女性が車掌を務める電車が駅に到着した。安全確認のためホームに降り立った彼女に、皇帝は言った。

「あなたをたいそう好いておる」

例のごとく、主語を付けずに話したため、すわ皇帝のお妃候補かと東京新報が報じるほどの大騒動となってしまった。それを訂正して回る羽目になったのは、もちろん青年である。車掌の彼女は、皇帝にどうお断りしたらよいだろうと思い悩み、もう東京にはいられない、よそへ移りたがらない同居の祖母を説得せねばと思いつめたらしい。それをまた新聞が報じ、慌てた男が真相を打ち明けに行ったという。

「あなたを好きなのは皇帝ではなく僕です」という言葉が彼女の心を捉えたのか、あるいはお妃候補ではなかったという安堵からか、ひとまず友人から始めましょうという話になったとのことだ。

報告しに来た男は、小躍りするように宮殿を後にした。

「ほれ、朕は見事な仲人であろう」

皇帝は得意げだったが、青年は内心複雑だった。お妃候補という立場が、相手にとってどれほどのプレッシャーになるかを痛感したからだ。相手を苦しめるのなら、いっそ恋愛などしない方が良いのかもしれないという昔からの思いを強くする青年の傍らで、皇帝は上機嫌で結婚式のスピーチを練習していた。

一度、皇帝が交番に入っていったこともあった。方向音痴の皇帝のことだ、道でも聞くつもりだろうと思ったが、警官に「何かお困りかな?」と尋ねた。無事に勤め上げられたと思ったら、地震予測の後に急に定年が延び、体に鞭打って交番勤務をする羽目になったとその警官はこぼした。東京内の交番はどこもそうだ、退職金のためには仕方がないと警官は疲れ切った表情で笑った。

皇帝は憤慨し、話をつけると言って宮殿に戻るなり、法務大臣と、関西を管轄する警察組織となった警視庁のトップに宛てた手紙を書き始めた。と言っても実際に書くのは青年で、皇帝が話すことをそのまましたためた。熟考を重ね、青年に何度も書き直させた、「朕は東京帝国初代皇帝、田中正である」というお決まりの文句で始まるその手紙は、だがしかし、ポストに投函されてはいない。大臣や警視総監に直接手渡してもいない。皇帝は書き上がったそれを載せるよう、東京新報に指示した。東京新報は翌日の一面にそのままの文面を掲載した。そしてそれを、スポーツ紙などが後追いで報じた。天皇への手紙の次は、法務大臣と警視総監への手紙だ、と。東京の警官たちの窮状を訴えるその内容から、天皇への手紙の内容を類推するメディアも次々と現れたが、皇太子に付き人を続けるよう申しつける内容だったと言いあてる者は、やはり一人もいなかった。

地震ハラスメントに絡めて追及する記者も出てきたため、ついに大臣は、警察官の定年引上げは「多少やり方が強引なところもあった」と認め、見直しも含めて検討するとコメントを出した。警視総監はまだ沈黙を守っているが、消防士や救急隊員などについても同様の見直しが検討され始めたという。

大臣コメントが報じられた日、東京新報の一面を大きく飾った記事がもうひとつある。

「東京でブロック塀を全面廃止。生け垣を活用へ」

もちろんそれは、付き人に戻った青年が、御所の竹垣の話を皇帝にしたことがきっかけだった。

「竹はどこから取ってくる」

「いえ、竹垣というのはあくまで一例で」

「竹はいかん。向こうが丸見えになるではないか」

「ですから、自然の材料を用いながらもスカスカにならないように――」

「朕は閃《ひらめ》いた」

皇帝は杖でトンと床を叩くと「生け垣が良い」と威勢よく言った。

「それならば民の望む目隠しにもなろう。材料は東京中に茂っておる。我ながら名案だ」

こうして青年の思い付きを皇帝はせこく横取りしたわけだが、「名案だ」と繰り返す皇帝を見ていると、結局は褒められている感じもして、悪い気はしない。

ブロック塀を取り壊したあとに作る生け垣について、東京各地に茂り放題となっている草木を活用する方針だと東京新報が報じたところ、四斗辺から宮殿に連絡があった。紹介したい植木職人がいるという。

「もう歳だが、腕はたしかですよ」

豪邸を訪ねた青年に、四斗辺はそう太鼓判を押した。

「植木だけじゃなく盆栽も扱う園丁たちの親方だった男です。根っからの植物好きでね。何よりコが柔らかい」と四斗辺は頭を指した。「自由な発想をする奴ですから、手に入るもんで生け垣を作るというなら、必ず役に立ちますよ」

だが青年の表情は冴えない。目の前に出された抹茶を見つめたまま、あの、と切り出した。

「その職人さんは、廊下の盆栽と関係ある方でしょうか」

「うちのは全部そいつを通して買ってましてね。それが何か?」

青年は迷った。国債の件で四斗辺には大きな借りがある。国債を換金してくれと殺到した民の行列は、皇帝の帰還でようやく落ち着いたものの、多大な迷惑をかけたことは間違いない。それについて謝罪に行った際、深々と頭を下げた青年に、「なあに、私はこれっぽっちも後悔していませんよ」と笑い、国債の引き受けは今後も続けると約束してくれた。そんな四斗辺の申し出なのだから、有難い話ですと素直に受けるべきなのだろうが——。

「その職人さんとは、もうお付き合いされない方がいいかと」

青年の一言に、四斗辺は笑みを消した。

「この私に、人を見る目がないとでも?」

一代で大企業を築いた男がふいにのぞかせた迫力に、青年はひるみかけたが、腿のあたりのズボンを握りしめ、「失礼ですが」と声を絞り出した。

「少なくとも盆栽に関しては、見る目をお持ちでないかと」

「聞き捨てならんですな。なぜそう思われます」

「安物だからです」

「安物?」

「廊下の中ほどにある、ひときわ大きな盆栽です。外車が買えると仰いましたが、あれは――」

青年は一瞬言いよどみ、だが意を決し言葉を続けた。

「いわゆる、ぼったくり、というものだと思います」

青年を鋭く見据えた四斗辺は、急にのけぞったかと思うと、あの豪快な、破裂したような笑い声を立てた。困惑する青年の向かいでひとしきり腹を抱え、「いや、失礼」と顔の前で手を立てた。

「宮様でも、ぼったくりなどという言葉を使われるのですな」

青年はムッと眉をひそめた。「私はあくまで皇帝の付き人としてここに伺っています。とにかくあの盆栽は安物です。そんなものを売りつける方は信用できない」

「いや、信用できる男です」

「ですから――」

「オーダー通りなんですよ。安物をと頼んだんです」

青年は額に手をあてた。意味が分からない。

「正確には、高そうに見える安物を、とね。彼は実にぴったりのものを用意してくれました。現にここを訪れた誰もが、外車が買えるという私の言葉に騙され、褒めたたえた。その中で唯一異なる反応を示したのがあなた方でした。皇帝はベートーヴェンにご執心で盆栽にはまったく無反応だった」

そして、と四斗辺は身を乗り出し、手のひらを向けた。

「あなたはあれの前で立ち止まり、怪訝な顔をされました」

「つまりあの盆栽は、客へのテストというわけですか」

趣味の悪いことをするものだ。

「たしかにテストです」と四斗辺は認めた。「でも、ターゲットは一人だけだ」

「あれこそ本物のエンペラーだと言いながら、皇帝のことを試していたわけですか」

四斗辺はゆったりと首を振った。

「あなたですよ」

「え？」

「あれはあなたを試すために仕入れた盆栽です」

そう言うと、四斗辺は青年の前の抹茶を手のひらで示した。

「初めてうちにいらした時、あなたの茶の飲み方に驚きました。あんなに美しい所作で飲んだ人は初めてだった。ただ者じゃないとピンときましたよ。しかもあなたは帰り際に『ごきげんよう』と仰った」

青年は思わず天を仰いだ。ごきげんよう。出会いや別れの際に常に用いてきたその挨拶が、世間ではほとんど使われていないと知り、東京では口にしないよう気を付けてきたのだが。

「それで思いだしたんですよ。かつて園遊会に招かれた時、皇后さまにお手を引かれて歩いていた双子の一人に似ていると」

園遊会に顔を出したのは、小学生の頃の数回だけだ。智宮が行きたいと言い出し、早くから経験させるのも悪くないと父が判断し、少しだけ参加することになった。智宮は人懐っこく招待客に話しかけていたが、透宮は母の手を握り、陰に隠れるようにして歩いた。あの場に、四斗辺が――。

「それからすぐ、宮様がどうされているかツテを頼って調べてもらったんですが、体調不良で籠っておられるという話はどうも表向きで、宮中で何か起きているようだ、と。如何せん、宮様が大きくなられてからの写真が手に入らないもんで、確信を持ちきれなかったんですが、見極めるのに必要なのは何も顔だけじゃないと思いつきましてね」

それが「ぼったくり」の盆栽だったということか。

四斗辺の告白を聞き、青年も腑に落ちたところがあった。初めてこの豪邸を訪ねた後、四斗辺の言葉遣いが丁寧になった感じがしたのは、気のせいではなかったのだ。

「あの人見知りの坊ちゃんが、こんなふうになるとはねぇ」

感慨深そうに目を細めた四斗辺の向かいで、青年は困ったように器に手を伸ばし、抹茶を少しぞんざいに飲んだのだった。


四斗辺が紹介してくれた植木職人は、その翌日、宮殿に作業着で現れた。地下足袋に乗馬ズボンというい で立ちに皇帝は興味津々だった。乗馬ならば朕の方がうまいと、見当違いな張り合いをするところも相変わらずだ。植木職人は引退したとは思えないほど鍛え上げられた肉体を保っていた。

俺は昔から東京に生け垣をと言っていたんだ、街中でふと目に入るのが味もそっけもないブロック塀か、緑鮮やかな生け垣かというだけで案外世界が変わる、それに何より生け垣は人を傷つけない、先人の知恵をもっと大事にしなくちゃいけねえ、と熱弁を振るった。東京各地に茂る草木の何がどう利用できるのか、しっかりとした生け垣になるまでに何年くらいかかるのか、作業に必要な道具は何なのかなどについて、次々と具体的な指示を出した。それらを青年が東京新報に伝え、記事を読んだ民が準備をする。そんな日が続いた。付き人としての雑務に追われ、一日が過ぎていく。それは大地震のXデーにまた一日、近づいていくことでもある。

毎朝の散策。生け垣プロジェクトの一環での各地訪問。人々と接するたび、青年は内心で首をひねった。彼らの顔が若干強張っているのは、Xデーが近づいている不安からか、それとも僕が皇太子だと知ったからか。

他県への避難は、もちろんまだ可能だ。県境が封じられたりはしていない。むしろ政府は東京から去るよう呼びかけ続けている。今、この地にいるのは、自らの意思で残ることを決めた者たちばかりだ。とはいえ、未曾有の地震を恐れる気持ちはゼロではないだろう。東京とともに滅びると覚悟を決めていたとしても、体は勝手に恐怖を感じるはずだ。きっと、僕が皇太子だと知ったからではない。きっと。

「それで、どうされるおつもりですか？　Xデーまで三週間を切りました。避難訓練はなさらないんですか？　避難所はどこに作るつもりです？　避難経路の周知は？」

小机に向かい、草木の種類についての各地からの報告をまとめていた青年は、その声につと顔を上げた。夕方、視察から戻る頃合いを見計らったように宮殿を訪ねてきた東京新報の記者が、窓辺の席で地図を眺める皇帝に詰め寄っている。

「生け垣もけっこうですけど、差し迫ったリスクにちゃんと目を向けてください。まずは超巨大地震をどう乗り越えるかでしょう？　運を天に任せようなんて者ばかりじゃないんだ。もっと地震の方も熱心になってくださいよ。皇帝からはまだ、地震の『じ』の字も聞いちゃいない。いったいどういうつもりなんです？」

記者が苛立つのも無理はなかった。東京新報からは、地震の件で何度も問い合わせが来て、青年はそのたびに皇帝に尋ねたが、いつも「はて？」とあからさまにとぼけられる。以前ならば、あなた付き人でしょう、何とかしてくださいよ、などと記者は青年に文句を言ったに違いないが、相手の素性が分かってそれも憚られ、記者はついに自ら宮殿に乗り込んできたというわけだ。

「もしかして——」

記者はちらと青年の方を見やった。

「中央と何か話がついているなんてことはありませんよね？」

皇帝の机の前と、青年の小机の前を、記者は意味ありげに行き来した。

「皇帝は園遊会事件の後、そして宮様はあの決起集会の後、空白の期間があります。そのあいだに中央の者たちと東京の行く末について話をしたんじゃありませんか？　で、地震については何もしないよう言われた。頑固に居座るような者たちは、地震とともにお陀仏になってくれた方がありがたい。そして何もかも壊れた方が、新しい都市も作りやすい。だから何もしてくれるな、あなたたちは地震の直前に逃げればいい——そう丸め込まれたんでしょう。だから生け垣の話なんかして、東京に未来があるように見せかけて、民を油断させてるんだ！」

鼻息の荒い記者とは対照的に、皇帝は地図に気を取られたままで、「少しズレてくれないかね」と記者が落とす影を指差している。啞然とする記者に、「うまくいかないと思いますよ」と青年が小声で囁いた。

「わざと怒らせて口を割らせようといった手は、意外と通用しない人なので」

部数を伸ばすためだったとはいえ、「皇帝動静」を書き続けた彼なら、皇帝が東京より中央を取るなんてことはしないと百も承知のはずだ。

「しかし、しかし、だったらなぜ地震についての言及がないんです？」

何日も洗っていなさそうな脂っぽい髪を掻きむしった記者は、ハッとその手を止めた。

「まさか他紙と話を進めてるんじゃないですよね？　ある日突然、全国紙の一面に避難計画を発表するとかやめてくださいよ。そりゃたしかに大きなネタです。他県に逃げた元都民も読みたがるでしょう。でも何より重要なのは、東京の人間が知ることだ。それにはウチ以上のところはないんだ！」

目を血走らせた記者の叫びに、薬缶《やかん》の笛が重なった。青年は茶を淹れに席を立った。そう言えば、父への手紙にお茶のことは書いていなかったけれど、淹れ方は上達しただろうか。

皇帝はというと、記者に向かって「君は実によくしゃべるね」と呑気に感心している。それがまた気に障ったらしい。

「話をそらさないでください！」と頬を紅潮させている。

「感想を言ったまでだよ」

「感想より、質問に答えていただきたい！　Xデーをどう迎えるおつもりですか」

二人に淹れたお茶を、段ボールを加工して作ったテーブルに置く。皇帝はそれを手に取ってまたすぐ机に戻り、熱いと文句を言いながら口をつけた。猫舌なのに待てないのだ。記者が見向きもしないのは猫舌とは関係ないのだろうけれど、と思っていると、皇帝が急にすっくと立ちあがった。

「民に伝えよ」

えっ、と記者が短く叫んだ。

「お言葉ですね？　それを待ってたんです」と慌ててメモを取る態勢を整える。「さっそく明日の一面でいきます。どんなに長くても構いません。私がなんとしても全文載せさせます！」

「『朕は東京帝国初代皇帝、田中正である』」

「いいですね、いつもの出だしで行くべきです。それで？」

「『来る十一月十八日、東京帝国の諸君は、以下の如く集合されたし』」

「地震当日ですね。集団避難ですか？　しかしいったいどこに」

「『時刻は正午ちょうど』」

記者のペンが止まった。

「地震は午後一時十七分です。時間が足りますか？」

「『各自、ハンマーを持参のこと』」

「ハンマー？」

「持っていない者も多いと思いますが」と青年が口を挟んだ。

「うむ。では至急作らせよ。木の加工に長けた者がいたな」

「カウンセリングの時の彼ですか？」

診療所の待ち時間問題を解決しようと、皇帝が臨時の「診察」を行った際、木材店に勤めているという男がやって来た。診察を受けた方がいいと周囲に勧められたが、自分はなんともない、それなのに数少ない医者の貴重な診察時間をもらうのはもったいない、ということで、皇帝のところへやって来たのだ。切り出されても木は生きている、そして色々と話しかけてくると言っていた。医師なら何かしら病名をつけそうな相談内容だったが、皇帝は「たしかに木はにぎやかだ。でもカラスの方がさらににぎやかだ」と答え、それはただの鳴き声でしょうと相談者につっこまれ、むくれていた。彼の名は分からないけれど、先祖代々引き継いできたという木材店の名を連呼していたので、そこから調べれば連絡がつくだろう。

「ハンマーが何なんです？　そんなもので自然の脅威に立ち向かおうってんですか？」

「立ち向かうのは自然ではない。ブロック塀だ」

「は？」

「『ブロック塀の解体作業を行う。場所は続報を待たれよ。ふるって参加されたし』」

「まさか未曾有の地震のその瞬間を、解体作業しながら迎えるってんですか？」

「『朕もむろん参加致す。朕の手にハンマーが握られる記念すべき日となろう』」

「そうか。民ともども心中しようって気ですね？　そんなの馬鹿げてる」

「『民とともに汗を流さんことを、朕は楽しみにしている』」

以上、と威勢良く言い放つと、皇帝は椅子にすとんと腰掛け、また地図に見入り始めた。こいつは駄目だと見切りをつけたのだろう、記者は青年に駆け寄った。

「どうなさるおつもりですか」

「どう、と言われましても」

「皇帝を止められるのはあなただけなんだ！」

「朕は誰にも止められぬぞ」

皇帝はまんじゅうに手を伸ばしながらそう言うと、あ、と呟いた。

「ひとつ大事なことを忘れた。『献上品は謹んで受け取る』と書き足しておいてくれ」

「あんなこと言ってますよ！」

悲鳴に近い声で青年に詰め寄ると、記者はハタと目を見開いた。

「そうか、そうだった。宮様が指示をお出しになれば良いんです。あなたの言うことなら、民は聞きます」

やめてくれとばかりに青年は顔をしかめたが、記者は譲らない。

「マグニチュード10・0ですよ？　何か対策を立てなきゃ全滅です！　宮様はそれでよろしいんですか？　東京に残る者も大事な国民だと、そうお思いになられたからこそ、戻ってこられたんじゃないんですか？　だったらお茶なんか淹れてないで、自らご指示くださいよ！」

「お茶なんか、とは何だ。茶は大事だ」と皇帝がまた余計な口を挟む。

「私は付き人として戻ったのです」

「違うでしょう！　正真正銘の次代エンペラーでしょう！」

青年は思わず皇帝の方を見たが、皇帝は熱心に地図に見入ったままだ。

「宮様、しっかりなさってください。こんな奴に任せていたらみんな死んじまいます！」

「死なぬカラスはおらん」と再び横槍を入れてくる。ちゃんと聞いているらしい。

「こんな時に不吉な話はやめてください！」

記者のその一言を聞いた瞬間、まずい、と思った。宮殿内の空気が変わったのを、青年は敏感に感じ取った。恐る恐る皇帝を見ると、眉のつり上がった顔で記者を睨《ね》めつけている。

「何が不吉なのだ」

「カラスは死の象徴でしょう。だからみんな嫌うんだ」

椅子を後ろに弾き倒すように、皇帝が立ち上がった。

「無礼者！」

ああ、ナポレオン俗物発言の時と同じだ。こうなると何を言っても無駄だ。しかも記者は四斗辺ほど皇帝をうまくとりなせないだろう。皇帝の顔は耳たぶまで真っ赤に染まり、記者に向けた杖は怒りで震えている。

「カラスは太陽の鳥だ！　人々に光を与え、知恵を授ける彼らのことを、よくも、よくも！」

皇帝の剣幕に恐れをなし、記者は宮殿から逃げ去った。皇帝は窓から身を乗り出し、記者の姿がとっくに見当たらなくなった通りに向かって「無礼者！」と怒鳴り続けた。青年が戻した椅子に、憤懣やるかたない様子で腰を下ろす。軍服に包まれた肩が、まだ荒く上下している。山高帽の羽根飾りも震えていた。青年が淹れ直した茶を飲むと、ようやく体から力が抜けたようになった。

「光を与える鳥、か」

北極星から目を背けるのではなく、そこにカラスの光を探せば、暗闇は違ったものに見えるのかもしれない。ふと漏らした言葉に、皇帝がこちらを向いた。青年は茶葉を入れた缶を棚に戻しながら、「皇帝はいつも日が暮れるとカラスタイムに入られるので、夜のイメージが強くて」とごまかすように続けた。

「カラスタイム？」

怪訝そうに首をかしげてから、ああ、あれのことか、と頷いた。

「お前もやってたろう」

「え？」

もしかして御所にいたカラスから伝え聞いたのだろうか。やはりあのカラスは、伝書鳩のように、皇帝が遣わしたカラスだったのだろうか。再び地図を眺め始めた皇帝の姿が、机に置かれた茶の湯気によって、少しぼやけて見える。この人と、いつまでもこうしていたいと青年は心の底から思った。でもそれは、きっと叶わない。

記者というのはさすがだと、翌日の東京新報を見て、青年は感心せずにはいられなかった。あれだけ唖然としていたにもかかわらず、メモを取る手は止まっていなかったらしい。一面に大きく掲載された皇帝の「お言葉」は、青年が書きとっておいたものと一言一句同じだった。記者にお礼の電話を掛けると、自棄なのか、吹っ切れたのか、宮殿から逃げ去ったのが嘘のような威勢の良い口調で、「載せるかどうか、社内で揉めに揉めましたよ」と笑った。意外にも、彼自身は掲載支持派に回ったという。カラスの件で皇帝を激昂させた負い目ゆえかと思ったけれど、続報も必ずうちでと念を押すところをみると、皇帝ネタで他紙に抜かれてなるものかという意地からだったのかもしれない。

その日は一日中、気が抜けなかった。あの「お言葉」は何なのだと抗議や批判の電話が殺到する、あるいは散策や視察先で「ふざけるな」「見損なった」などと摑みかかられる——そんな状況を覚悟したが、憂慮した事態はいずれも起こらなかった。アパートの電話は幾度も鳴ったものの、その内容はどれも、ブロック塀の解体に関することだった。その日が解体作業の初日なのか、近所のブロック塀をさっそく壊してもいいか、といった問い合わせから、解体のコツを伝授するものまであった。

皆、地震については諦めたのだろうか。悟りの境地に行きついた者だけが東京に残っているということなのか。それとも懸命に、地震のことを考えないようにしているのか。不思議に思いながらも、すぐに解体を始めたいという声が多く寄せられたため、翌日から早速取り掛かることになった。近衛隊を中心としたハンマー隊を結成し、要望のあった地へと赴く。今の東京には稼働できる重機が少ないため、ブロック塀はベビーサンダーなどの工具でところどころに縦に切り込みを入れ、ハンマーでたたき壊す手筈だ。どこまでもシンプルでアナログな作業だが、解体が始まると、自分もぜひハンマー隊に加わりたいと言い出す者が続々と現れ、用意したヘルメットはいつも足りなくなった。だから翌日はヘルメットの数を増やすのだけれど、それでもまた足りなくなる。近衛隊からのそんな報告に困惑し、青年は四斗辺の豪邸で用事を済ませた後、現場を見に行った。姿を見せれば、彼らは作業を中断して無駄に気を遣うだろうから、こっそりと見守らねばならない。

カンカンという音が聞こえてくる。叩いているのはブロック塀のはずなのに、不思議と響いている。角を折れ、解体現場が目に入った。塀の前には二十人ほどのハンマー隊がいた。談笑するでもなく、黙々とハンマーを振るっている。通りかかった者が歩みを止め、その様子にしばらく見入ったかと思うと、やがて自分もと、近くに置かれた余分なハンマーを手にした。そうしてハンマー隊は一人、また一人と増え、視界に横たわるブロック塀はみるみるその背を縮めていく。

この妙に整然とした感じはあの時と似ていると、青年はふと思った。AIによる地震予測が公表され、極度の不安と絶望に襲われた東京の人々に、父が「お言葉」を発した時だ。立場上、言えることはごく限られていたけれど、父が言外に込めた、「慌てることはない」「これは終わりではない」というメッセージを人々はしっかりと汲み取った。そして粛々と東京からの退避を始めた。今回も同じなのではないだろうか。東京の民は皇帝の「お言葉」を受け、思ったのだ。

我々がすべきことは、未来に向けた歩みを進めることだ、と。

だとすればその歩みは、日を追うごとに速度を増したと言える。ハンマー隊の志願者は増え続け、解体作業は驚くべき速さで進んだ。この分だと、大地震が起こるというXデーにはすでに東京からブロック塀が消えているのではとさえ思ったが、鉄筋が入っているか、控え壁があるかなどの違いによって解体の難易度が異なり、結局、Xデーが最後の一区画の解体日となった。

その日の東京の空は、分厚い雲に覆われていた。まるで、これから起こる地震を恐れ、太陽さえも隠れてしまったかのように。電線にはカラスがずらりと並んでいる。皆が持参した献上品を狙っているのだと人々は眉をひそめたけれど、おそらくそんなものがなくとも、彼らはこの場に来ただろうと青年は思った。

東京最後のブロック塀が、高く、長く、眼前にそびえている。

その前に、民が続々と集まってくる。敷地を取り囲むように立つブロック塀を一辺ずつ壊す予定だったが、参加者の多さから、急遽、四辺を一斉に取り壊すこととなった。駆けつける民たちに、近衛隊がヘルメットやハンマーを渡し、塀の前に並んだ人々の隙間に誘導する。その中には馴染みの巣鴨の面々や、視察先で知り合った人々の顔もあった。

腕時計を見る。あと八分で、解体作業の開始予定時刻である正午だ。

「そろそろです」

振り返ってそう声をかけると、皇帝は山高帽の上にヘルメットを被ろうと四苦八苦していた。ヘルメットの顎ひもの長さが足りないらしい。それはさすがに無理ですよと言おうとすると、ひとりの男がおずおずと近づいてきて、ヘルメットとハンマーを差し出した。皇帝の臨時診療所に来た木材屋の男だった。皇帝用に特別に作ったというヘルメットはちゃんと顎ひもが長く、ハンマーは柄の部分に羽根飾りの文様が刻まれていた。

「君のところの木は、今日はなんと？」

嬉々としてそのヘルメットを山高帽の上に被りながら、皇帝は男に尋ねた。

「今日は少し湿気ているとか、昨晩のハエは飛び方がヘタだった、とか。いつもと変わりません」

「そうであろう」と満足げに頷くと、皇帝は青年に杖を渡し、男からハンマーを受け取った。列を成す民の方へと歩み寄り、ゆっくりと見渡す。民もまた、皇帝へと体を向けた。

皇帝の数歩後ろに控える青年は、眼前の光景に心震わされずにいられなかった。これほどの人が、皇帝を、そして東京の未来を信じ、集まっている。そうすることこそが、未曾有の大地震への、彼らなりの抵抗なのだ。

馬鹿げていると他県の者は笑うだろう。そんなことをして何になる、ただ東京を捨てればよいだけなのに、と。それも一つの選択だ。東京に残り、今こうしてハンマーを手にしていることもまた、尊重されるべき選択なのだ。

皇帝が、さらに一歩前へと進み出た。いつものように、つと高い鼻を上げる。

「朕は、東京帝国初代皇帝である！」

五か月前、東京新報の紙面に書かれたあの三行を目にした誰もが笑い飛ばしたであろう皇帝宣言を、今は皆が当然のように受け止めている。

「朕は嬉しい」

決起集会の時と同じ言葉だ。民はあの時のように歓喜の雄叫《おたけ》びを上げたりはしない。「皇帝万歳」と書かれたのぼりが翻ることもない。辺りは静まり返っている。だがそれは冷めているからではない。むしろ逆だ。あの頃よりもずっと、民の心の目は皇帝に向いている。

「なぜなら民とともに、誕生の時を迎えられるからだ」

東京が終わるとされる今日という日を、誕生の時と表した皇帝は、杖のつもりで振り上げようとしたらしいハンマーの重みにふらついた。どこまでも格好のつかない人だ。そのせいで傾いた帽子とヘルメットを几帳面に直すと、再び民を見渡した。

「朕は――」

ほんの一瞬、沈黙が降りた。

なぜだろう。皇帝の後ろ姿が、ひどく寂しげに見える。式典であいさつをする父の姿と重なったのか。それとも決起集会の時に、朕は悲しい、という言葉が続いたからか。気に病むことはない。ちらりと見えた皇帝の横顔には、穏やかな笑みが浮かんでいるではないか――そう自分に言い聞かせながら、皇帝の次の一言を、青年は息を詰めて待った。

「朕は、幸せである」

力みのない、どこか独り言のように発せられたその言葉は、静まり返った民の耳にしっかり届いたようだった。自分は間違っていなかったのだという思いを各々が強くしたのだろう、ハンマーを握りしめる民の顔に力強さがみなぎっていく。

正午まであと一分。皇帝はゆっくりとした足取りで列に加わった。その左隣に、青年もハンマーを手にして並び立つ。

あと三十秒。青年は振り返った。列からやや離れたところに、緊張の面持ちで立っているのは、巣鴨で洋品店を営む初老の店主だ。自分が靴下になり皇帝のおみ足を包みたいと言った彼は、白い靴下を括りつけた手製の旗を高々と掲げた。きっとすごい人数になりますよ、掛け声係が要りますよね、その大役をぜひ私にと朝の散策の時に皇帝に願い出たのである。それから毎日、商店街では掛け声の練習が繰り返されたらしい。

「それでは皆さん、塀に向かって！」

民がブロック塀の方へと向き直る。あと十秒。

「ハンマー用意！」

近衛隊が方々から集め、あるいは木材屋が急ピッチでこしらえたハンマーが、民の手によって宙に掲げられた。肩のあたりから、横にスイングするように叩くのが効果的だという近衛隊の事前の指導が行き渡っているらしく、高さも揃っている。あと三秒。まもなく威勢の良い掛け声が、と身構えた直後のことだ。張り切るあまり息を吸い込みすぎたらしい店主が、激しく咳き込んだ。

自分が号令をかけるべきだろうか。それとも誰かに代役を？　青年は慌ただしく思考を巡らせた。目の前の皇帝は悠然とハンマーを抱えたままだが、空中で綺麗に揃っていた民のハンマーが動揺で揺れている。その時だった。

カア！

一斉に、ハンマーが弧を描いた。電線にとまるカラスの一声に、思わず皆が反応したのだ。塀のいたるところにヒビが入ったが、崩れはしない。またカラスが鳴いた。ゴアーッというこの鳴き方は、先ほどの一声を発したものとは異なる、くちばしの細いハシボソガラスだろうと分かるほどに、青年はカラスに詳しくなっていた。ボソの声に合わせるように皇帝がハンマーを振り上げる。民もそれに倣った。カア、という再びの鋭い声に、ハンマーが一斉に宙を切る。咳が収まったらしい店主も、掛け声係を諦めた様子で、ハンマーを手に列に加わった。ゴアーッと鳴けば民がハンマーを持ち上げ、カアと鳴けば振り下ろす。人とカラスの協演だ。回数を重ねるごとに、カラスと民の動きはどんどん嚙み合っていき、十五度目のカアで、とうとう塀が崩れ始めた。塀を打つたびに振動が体を突き抜ける。ハンマーを持つ手は熱くなり、汗が額を流れ落ちた。

誰も、何時だとは尋ねない。未曾有の地震が起こるはずの一時十七分まであと何分か、気にならないわけはない。場の緊張が少しずつ高まるのを青年は感じた。それがさらに動きを揃わせる。迫り来る恐怖を跳ね飛ばそうというように。

そう、これはただの解体作業ではないのだ。

ＡＩによる地震予測で、思い描いた未来は一変した。態度に出さずとも、大地震への不安は常につきまとった。他県にコケにされ、東京内でいがみ合い、昨日の味方が今日の敵になった。そんな日々に抱え込んだあらゆる思いを胸に、民はハンマーを振り下ろしている。

壊しているのは、ただの塀ではない。これはかつての東京との決別であり、新たな東京との出会いなのだ。まさしく、誕生の時だ。だからこそ民はここに集っている。

智、と青年は九分遅れで生まれた弟に心の中で呼びかけた。

人間は素敵だ、とお前は言った。そのたびに僕は首を傾げたけれど、今ようやくこう言える。

人間は、なかなか悪くない。

常に正しくなくてはならない。非があってはならない。堂々とあらねばならない。そう叩き込まれて育った。だからそうなれない自分が耐えがたかったけれど、どうやら人は往々にしてみっともなく、情けなく、卑しく、みみっちい生き物のようだ。そして、それをひっくるめて愛することもできる生き物でもあるらしい。

振り下ろしたハンマーが、眼前の塀を大きく崩した。校舎が見えた。桜色の外壁だ。玄関の上には大きな丸時計がある。青年は息を呑んだ。

これは――。

土のグラウンドが広がっている。隅の方には、水墨画のような池と滝が見えた。

あの絵に、そっくりだ。正確なだけだと言われた、あの風景画。

棒立ちになる青年をよそに、カラスは号令をかけ続け、振り下ろされるハンマーがさらに塀を打ち崩していく。

あの絵のタイトルは「学び舎」だ。通っていた学校を描いたのだ。ここであるわけがない。僕の母校は——母校は——。

名前が出てこないことに、青年は愕然とした。ハンマーの音が響く中、一人、額に手をあてる。

今日のこの解体作業の場所を、僕は昨日、地図で何度も確認した。皇帝を案内するための、付き人としてのいつもの仕事だ。だからそのブロック塀が、小学校をぐるりと囲むように建てられたものであることも分かっていた。地図に書かれた学校名が間違っていたわけでもない。門の脇の銅板には、地図にあった名前が刻み込まれていた。でもその学校名にも、ここへ来るまでの道のりにも、まったく覚えがなかった。

ハープのCDのことが、ちらと頭をよぎった。僕も音楽療法を受けていたということか？　消された記憶が僕にもあるのか？

ブロック塀はもう膝の高さほどになった。終わりが見え、民はさらに勢いづいた。宙を切るハンマーは分厚い雲まで追いやったのだろうか、切れ目から日が差し込み、校舎とグラウンドを照らした。絵に描き込んだ陰影が、目の前に現れた。

そう、僕はここに通っていた。

御料車《ごりょうしゃ》での送り迎えが嫌でたまらなかった。一度、他の生徒と同じように徒歩で行きたいと皇居を飛び出したが、追ってきた皇宮護衛官たちに囲まれての登校になり、かえって目立ち泣きべそをかいた。御料車に乗ってみたいというクラスメイトもいた。歩かないと早死にするんだってよ、と心配そうな顔をして嫌味を言う者もいた。台風や地震でどこかが被災すると、あれ、君は行かないのと言われたこともある。そして見舞いをする父母の様子を大げさに真似された。不快な思いは幾度となく味わった。でも、それを周囲に訴えれば大ごとになってしまう。転校させられる生徒や、クビが飛ぶ教師もいるかもしれない。だから押し殺した。ほのかな恋心を抱いたこともあったが、態度に出すまいと決めていた。僕のような立場の者に好かれても、相手にとっては迷惑なだけだろう。

皇太子として恥ずかしくないようにふるまう。頭の中にはそればかりあった。すべての物事は、ふさわしさという尺度を通して考えた。友達が転ぶと真っ先に駆け寄り、大丈夫かと声をかけた。友達が心配だったから駆け寄ったのではなかった。そういう態度を取るのが皇太子としてふさわしいと思ったからだ。

そうか。

僕が嫌悪したのは、張りついた笑顔を浮かべる相手よりも、むしろそういう自分だ。ニセモノと感じてきたのは、そんな自分自身だったのだ。

四方から響く掛け声とともに、ついに残りの塀が音を立てて崩れた。フィニッシュを告げるかのように、ひときわ高くカラスが鳴き、人々はハンマーを放って歓声を上げた。破片となり、辺りに散らばった塀を呆然と見つめながら青年は思った。

これは僕の頭の中にあった塀なのかもしれない。嫌な記憶を封印するために、自らが作り上げた塀。

それにハープが関係しているのかどうかは分からない。確かなのは、それが今ようやく、取り払われたということだ。

ふと腕時計に目をやる。一時二十分。ということは――。

「過ぎています」青年は皇帝に文字盤を示した。「大地震の予測時刻を過ぎています！」

最後にハンマーが振り下ろされたのが、まさにその頃だったはずだ。汗だくで、疲労した腕や手をもみほぐしていた民もそのことに気づき始めた。「過ぎてる!」「死んでねえ!」と口々に叫び、抱き合っている。だが皇帝は驚く様子もなく、ただ目を輝かせて校舎の方を指差し、「視察に行くぞ」と言った。

青年は、近くの銀杏に立てかけておいた杖を取りに行きながら首を傾げた。解体作業をするエリアの決定は、皇帝が行ってきた。いつも地図を指差し、明日はこの地区だ、と。ここが最後に残ったのは、そしてそれがXデーだったのは、ただの偶然なのだろうか?

杖を差し出しながら表情を窺ったけれど、飄々《ひょうひょう》とした皇帝の顔からは正解が読み取れない。

まあいいか、と青年は思った。正解がどちらだろうと構わない。

塀はもうない。それが僕にとって何より重要なことだ。

「ご案内します」

ここに通っていたのかと、巣鴨の小学校の前で問われた時のことをふと思い出しながら、青年は桜色の校舎を手のひらで指し示した。その時の答えを、今ようやく、胸を張って言える。

「ここが、僕の通っていた小学校です」

第九章

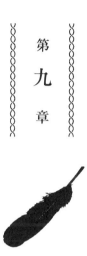

「じゃあ、報道の通りなんだね？　本当に何ともないんだね？　お兄さまも東京も」

ああ、と青年はスマートフォンを耳にあてたまま苦笑した。夕暮れに染まる宮殿のそばの、銀杏の樹の下である。

「念を押しすぎだよ」

「夢みたいだからさ」

弟は感嘆の息とともにそう言うと、でも、と続けた。「こっちは大変だよ。早くも戦犯探しが始まっている。いったい何のための避難だったんだ、引っ越しやら転職やらの苦労はどうしてくれるって、東京から避難した人たちは怒り心頭だ。めでたしめでたし、というわけにはいかなさそうだよ。おもうさまのところにも、さっそく総理が内奏に来た。とにかく人工知能のせいにしようという方針らしい。これでＡＩの問題点が明らかになりました、今後に役立ちます、なんて相変わらず聞こえの良い言葉を並べ立てたみたいだ」

「それでおもうさまは？」

「それもいつも通りらしい。いくつか質問をして、あとは黙って聞いていたっておたたさまが」

口を真一文字に結び、古武士のような姿勢で話を聞く父の姿が目に浮かんだ。

「それで、いつこっちに戻るの？」

「もう少しかかる。生け垣がまだ出来上がっていないんだ」

「おたたさまが寂しがるよ」

「でも逐一報告は行っているのだろう？」と青年は傍らに控える男にちらと視線を向けた。

きまり悪そうに首を垂れるその男は、近衛隊のひとりだ。しかもあの拉致未遂事件の時、酒を酌み交わした二人のうちの背の高い方である。皇宮護衛官だったと分かったのはつい最近で、皇帝を守るふりをして青年を守っていたらしい。そして拉致未遂事件の際も、「保護」が無事に行われるよう手引きをしていたという。もう片方の背の低い近衛隊を欺かねばならなかったこと、そして青年の飲酒を止められなかったことを、今でも気にしている。

「お兄さま」と電話の向こうで改まった声がした。青年は銀杏の幹を手のひらで撫でながら弟の言葉を待った。

「前も言ったように、僕はまだ、天皇になることを諦めていない」

「そうでなくては困るよ」と青年は笑った。

「でも――」

「でも？」

「このところ思うんだ。お兄さまの方が、天皇の器なのかもしれないと」

青年は困惑の面持ちで、幹を撫でる手を止めた。

「不思議なことを言い出すね」

「僕にはたぶん無理だった。未曾有の大地震が来るという土地に、僕なら怖くて行けなかった」

「それは――」

「すごいよ。行ったお兄さまも、それを許したおもうさまも。結局、二人は似ているのだと思う」

「僕に関しては買い被りだ。そんなたいそうな覚悟はなかったんだもの」

「どうにでもなれと思っていたってこと？」

いや、と青年は言った。「僕はただ――信じればよかったんだ」

皇居を離れる決断をする際の苦悩を、外腰掛に座りながら口にした父はその時、あることも打ち明けていた。

ＡＩによる東京直下地震の予測に、私は大いに疑問を持っている、と。

たしかに何らかの予兆はある。だがそれが直下型地震の前触れとは思えない。何かもっと別の現象を示すものに違いないと父は言った。それは長年にわたり地震学を研究してきた父の、研究者としての確信だった。

被災地慰問を代々行う天皇家に生まれた父が、地震学に興味を抱いたのは自然な流れだった。もし予知ができていれば、この人たちが家族や土地を失うことはなかったのにという思いが、父を研究に没頭させた。学ぶほどに夢中になり、できることなら人生のすべてを地震研究に注ぎたいとさえ思った。だが天皇家の唯一の男子という立場が、それを許さなかった。天皇というのは研究の片手間にできるものではない。叶わぬ夢が、父にもあったのだ。もしこの家に生まれていなければという思いを、父も抱いてきた。だからこそ父は、家出した透宮をしばらく東京にという柴田の提案に同意したのだ。

研究者としての人生を諦めながらも、公務の合間に独自に研究を続けた父が、データ以上に重視してきたものがある。それは慰問先で出会った人々の話だ。一見、地震とは何の関係もないように思える話の中に、父はいくつも気になる証言を見いだした。それはその土地に生きる者だからこその気づきであることが多かった。「いつもと違った」と人々が話すそれは、虫のざわめきや、山の表情や、小川のせせらぎや、海の匂いや、スズメの飛び方といった、地震との関連性を証明するのは難しい事象ばかりで、だからこそ専門家の調査などでは出てこず、避難所で、膝をついた父に「大変でしたね」と手を握られてようやく、ため込んできた想いを吐き出す被災者の口から飛び出すのだった。その一つ一つを重んじた父は、独自に地震との関連性を考察し、直下型地震が予測される東京にそういった異変があるかどうかを侍従に調べさせた。そして観測地点の様々なデータ分析も踏まえたうえで、ＡＩとは異なる結論を導き出したのだ。

「おそらく、海底火山だ」

外腰掛で言葉を交わした日の夜、書斎で、父はひとつの波形データを示しながらそう言った。

「二〇一八年十一月十一日、ある奇妙な地震が起こった。二十分もの長時間、アフリカ諸国からチリ、ニュージーランド、カナダ、ハワイに至るまで、実に一万八千キロという広大な範囲の地震計が検知した地震だ。だが奇妙なことに、揺れに気づいた者は誰もいなかった」

「揺れない地震、ですか？」

「その原因こそが、海底火山の誕生だった。アフリカ大陸とマダガスカルのあいだに、マヨット島という島がある。その島から東に約五十キロ離れた海底に、新しい火山ができていた。直径は約五キロ。高さは八百メートル。観測史上最大級の海底火山だ。マヨット島ではその奇妙な地震の半年前くらいから群発地震が続いていた」

東京でも、たびたび群発地震が起きている。

「海底火山は広大な海の、しかも水深の深いところで起こる。当然、把握がしづらい。マヨット島の地震も、原因が海底火山の誕生だと解明されるまでに半年以上かかった。なにせ揺れないのだから、地震があったことすらなかなか気づけない。当然、見過ごされたケースは多いだろう」

「ＡＩは、海底火山による地震までは学習できていなかった、ということでしょうか」

「マヨット島のデータは踏まえていたのかもしれない。だが今回はある応用が必要だった」

「応用？」

「マヨット島と東京近海では、プレートの種類が異なるのだよ。プレートは分かるね？」

「地球の表面を覆う岩板、です」

ご進講の記憶を引っ張り出して答えると、父は大きく頷いた。

「プレートの種類が異なれば、マグマが地上に出る仕組みにも違いが生じる。巨大なマグマ溜まりからマグマが抜けることで起こる群発地震も変わってくる。それらも考慮したうえでのＡＩの予測値なのかどうか。大地震を二度完全に的中させたおごりが、分析者にあったのではないかと私は思っている。データや機器だけに頼っては危険だ」

父は息子を静かに見据えた。

「力をつけなさい。技術や文明がどれほど進化をしようと、結局は人なのだよ」

マグニチュード10・0の巨大地震など起こらない——研究者としての確信があるからこそ、父は僕を東京に行かせた。だがその確信を、父は、天皇であるというだけで、公にできなかった。もしただの研究者だったなら、あらゆる手を尽くして世に広く知らせただろうに。

父と同じように、東京直下地震など起こらないと信じていた人物は、おそらくもう一人いる。

皇帝だ。

皇帝自身は、何の予測も口にしていない。巨大地震が起こるとも起こらないとも言わなかったが、あの日、木材屋の男に木は何と言っているかと尋ね、いつもと変わらないという答えを聞いた時の「そうであろう」という納得顔からして、大惨事など起こりはしないと分かっていた気がする。「誕生の時」という表現も、海底火山の誕生を意味していたのかもしれない。

とにもかくにも、皇帝は東京の未来を信じていた。いや、疑うことすら頭になかったように思える。それを身近で感じたからこそ、僕は動じずにいられた。それはきっと、民も同じだったろう。だからXデーを前にしても、パニックは起きなかった。その事実こそが、皇帝がこの地の真のエンペラーである何よりの証拠なのだ。

「そろそろ切るよ」と銀杏の樹の下で青年は弟に言った。「雑用を片付けなくちゃ。皇帝が銭湯から戻ってくるんだ」

「銭湯か。僕らには一生縁のなさそうな場所だね」

弟のその言葉に、青年は口ごもった。実は二日前、生まれて初めて銭湯を経験した。皇帝に誘われたのだ。拉致未遂事件の夜、次はともに参ろうと言ったことをちゃんと覚えていたらしい。

「雑用ってどんなこと?」と弟が尋ねる。

「床の雑巾がけとか、溜まった新聞をまとめるとか、レコードの手入れなんかだよ。大事なレコードのくせに、まんじゅうを食べた手で撫でるから困るよ」

電話の向こうから、クスクスと笑い声が漏れた。

「本当に付き人なんだね」

「ああ」と青年も笑った。「なかなか悪くない付き人だ」

通話を切ったスマートフォンを近衛隊の男に返す。ありがとう、と言葉を添えると、まるでひれ伏すように頭を下げた。僕の東京での生活を見守るために、いったい何人派遣されたのですか。いったい誰が、あなたの仲間だったのですか。一日中見張っていたのですか。手回しをしたのはどんなことで、どんな無理を通したのですか。

僕が完全に一人でやり遂げたことは、何かありましたか。

答えを知る勇気は出ず、青年はそれらの問いを心の奥底にしまい込んだ。

僕はきっと生涯、葛藤し続ける。成したことは、本当に僕自身の力によるものなのだろうかと。でも、その答え合わせには、あまり意味などないのかもしれない。どこでどう生きようと、僕が天皇家に生まれた事実が変わることはない。天皇のことを他人事に思える僕など、永遠に存在しない。だから比較しても仕方がないのだ。それよりも大事なのは、この家に生まれた僕に一体何ができるのかを考えることだ。

通りの向こうから、杖の音が聞こえてくる。機嫌がよい時の杖のリズムだ。でもきっと、僕を見るなり不満を言う。そして僕の言葉に、目を輝かせながらいちゃもんをつけるのだ。

「朕は不満だ」

やはり、と青年は思わず頬を緩めた。

「浴場の絵はどうにかならぬか」

「壮大な富士の絵だったじゃないですか」

店主のお気に入りで、青年が行った時も熱弁を振るわれ、おかげで湯冷めした。

「あの絵には品がない」

「部屋に飾る絵と違って、豪快さとか分かりやすさを求めているのだと思います」

「浴場も部屋は部屋であろう」

「あれだけの大きさの壁に描くのは大変なのですよ」

「大変だと品がなくなるのか」と皇帝は揚げ足を取る。「そもそもなぜ富士なのだ」

銭湯の浴場といえば富士山が定番らしいです、などと言えば、定番についての議論を吹っかけてくるに違いない。

「では何の絵なら満足なのですか？」と問うてみる。「まさか、カラスとか言わないですよね」

先手を打ったつもりが、皇帝はパッと顔を輝かせた。

「それが良い！　カラスならお前も描けるであろう。下見が必要だな。明日は一緒に来るがよい」

もしかして僕と一緒に行きたかったから言い出したことなのだろうか、などということは、相変わらず、青年は思いつきもしないのだった。

「こちらをご覧ください」

テレビ画面の中で、地球物理学者とテロップで紹介されている老教授が、一枚の画像をボードで示した。

「この円錐状のものが、新しくできた海底火山です。位置としては高見結島《たかみむすびじま》から東に三十キロの地点です。この一帯は、フィリピン海プレートの下に太平洋プレートが潜り込んでいる『沈み込み帯』と呼ばれる場所でして、沈み込んだ太平洋プレートから水分が絞り出され、その上にある橄欖《かんらん》岩《がん》が溶け、マグマになる。ですからプレートが潜り込んだ先で火山ができやすいわけです」

「そういったことまで解明できているのに、AIはなぜ予測を誤ったのでしょう」

疑問を呈する司会者に、「それは相手が地球だからですよ」と老教授は笑った。

「地球上に、まったく同じ環境の場所など一つとして存在しない。人間に個性があるように、土地にも個性がある。それに、地球について解明できていることなどまだごくわずかです。なにせ四十六億年の歴史ですよ。それを二十四時間に置き換えたら、人類が誕生したのはラスト二分に過ぎない。たった二分です。そんな存在に過ぎない我々が、地球のすべてを分かっているわけがない。だからこそ面白いのです。ワクワクする。謎という宝が、まだ山のようにあるのですから。もちろん今回の海底火山もその一つです」

そう言って、老教授は別のボードを示した。

「今回の海底火山で記録された地震計の波形です」

「何か特徴が？」

「特徴なんてもんじゃない！」と老教授は両手を上げた。「通常、地震は多くの異なる周波数の波を生じさせます。でもこれはどうです？」

「何かとても……その……シンプルですね」

「そう！　等間隔にきっちりと刻まれた、きわめて単調な、一種類のみの低周波です」

はあ、と困惑げに相槌を打つ司会者をよそに、老教授はその波形を食い入るように見つめた。

「不思議だ。自然のものとはとても思えない」

ため息交じりにそう首を振ると、老教授は、独り言のようにこう続けた。

まるで、楽器から生み出されているかのような波形だ、と。


その、たった二分しか生きていない人類は、なかなかに逞しかった。

群発地震などの様々な現象が海底火山の誕生によるものであり、東京直下地震の危険性は大きくないという研究結果が相次いで発表されると、人々は早々に東京への回帰を始めた。もちろん混乱はあった。出鱈目な予測のせいで家を失ってしまった、店をたたんでしまった、施設を取り壊してしまった、といった苦情が山のように政府に寄せられ、国に賠償責任を問う動きも加速している。その国はというと、はたして首都をどうしたものかと頭を抱えているらしい。内奏に来た総理を、市民の生活そっちのけで何をしているのだと天皇が一喝したという噂がまことしやかに流れているが、真偽のほどは不明だ。

住まいや店舗、学校や企業の回帰より早く、東京が賑わいを取り戻したのは、他県から訪れる者が多かったからだ。東京の復活を手伝おうという者、復活を遂げる前のさびれた東京を一目見ておきたいという者、一連の対立騒ぎにより、まだ訪れたことのない東京に興味を抱いた者、自分たちが目の敵にした東京とは何だったのかを確かめに来る者……。

だが人々を東京に向かわせた最大の理由は、皇帝だった。

忘れ去られつつあった東京に突如現れ、皇帝を名乗った男。その出現により、東京は確実に変わった。エンペラーを名乗るほど尊大で、東京帝国建国などという危険な思想を人々に植えつける、排除すべき人物だったはずの皇帝は、今となっては、他県との争いを止めようとし、大地震の予測に動揺ひとつ見せず、Xデーのパニックを防いだ偉大なる英雄と称賛されていた。皇帝の視察先や宮殿周辺を巡る「皇帝ツアー」なるものも人気で、「皇帝グッズ」も販売されている。

「色々と無償奉仕したつもりが、かえって儲けちゃいましたよ」

そう言って笑う四斗辺の頭には、皇帝グッズの中でも人気が高いという山高帽が載っている。黒い羽根飾りもついたものだ。グッズの大半は四斗辺が手掛けている。

いたるところに紅白の三角旗が飾られた日比谷公園を、二人は歩いていた。茂り放題だった草木は生け垣に用いるため適度に刈られ、噴水は勢い良く噴き出て、その向こうには営業を再開した帝国ホテルがそびえている。

青年は松本楼のそばの銀杏の前で立ち止まり、悠々たるその姿を見上げた。

「しかし大成功でしたな。うちの周りもえらく雰囲気が変わりましたよ」

生け垣プロジェクトのことだ。ブロック塀の解体が済んだところから順に生け垣の整備を行ってきた。いよいよ今日、東京全域での完成を迎える。それを祝うコンサートが、ここ日比谷公園で明日開催されるのだ。東京復興や首都奪還への景気づけもかねてぜひという四斗辺の提案だった。朕は気が進まぬ、と言うかと思われた皇帝は珍しく素直に首を縦に振った。

「他県から戻った方の中には、不満の声もあります。ブロック塀は補修するだけでよかったのに、と」

「文句を言うのが生きがいというような者はいますからね。さっさと尻尾巻いて他県に逃げ出したような輩だ。東京を一度捨てた者の言うことなど無視なさればいい」

「皇帝は、そうはお考えにならないと思います」

たしかに、と四斗辺は愉快そうに笑った。

「まあでも、陳情があればそれに応じようと皇帝はアイデアをひねり出す。そうしてまた画期的な変化が東京にもたらされるでしょう。私はいつでもバックアップしますよ」

「心強いです」

僕がいなくなっても、四斗辺が皇帝を支えてくれるだろう。

生け垣プロジェクトが完了するまで——それが僕の東京での生活に与えられた期限だ。次はいつ東京に来られるだろう。

「皇帝は今日は?」

「生け垣整備の完了の瞬間を見届けに」

このコンサートの準備がなければ、それに同行するつもりだった。

「皇帝は千里眼でもお持ちなのかな」

宙に美しい放物線を描く噴水を眺めながら、四斗辺が言った。

「皇帝が、何か予言でも?」

「国債ですよ」と、四斗辺は腹に巻いた金の帯をさすりながら答えた。「償還日がぴったりだ」

意味が摑めぬ青年に、四斗辺は懐から出した債券を示した。カラスが所々に潜むデザインの中に、「千円」の文字と「田中正」のサイン。その下に小さく書き込まれている償還日の日付に、青年は目を見開いた。

明日だ。

「なぜこの日なのかと不思議に思ってたんですがね、まあ、あの皇帝のなさることだ。きっとなるほどという意味があるのだろうと楽しみにしてたんですよ。そしたら生け垣プロジェクトが今日完了するという。こりゃなかなかの節目だと思ったんでね。ドカンとお祝いをと思ったんです」

デザインのことにばかり気を取られ、償還日については気にしていなかった。いつにしますかと尋ねた時、皇帝はたしか宮殿の窓辺に立っていた。そして、木に止まったカラスをじっと見ていた。僕は皇帝が答えた日付をそのままデザイン画に書き込んだのだ。

「実を言うと、その償還日だけ書き換えたものを、すぐ印刷できるよう手配してあるんです。前と同じ印刷屋ですよ。ゴーサインを出してくだされば、今すぐにでも発行できる。その新規の国債で手に入った金を、前の国債の償還に充てればいい。前々からそう考えていたんですが――」

四斗辺は斜めに垂れた紅白旗を直しながら言葉を続けた。

「それも必要ないかもしれませんね」

「必要ない？」

「償還したいという者などいないでしょうから」

「なぜです？」

きょとんとする青年の顔を、四斗辺は驚いたように見た。

「ご存じない？　これは今やもう、千円どころの価値じゃないんですよ」

「利子の話ですか？」

四斗辺は豪快に笑うと、困惑気味の青年の肩を勢い良く叩いた。

「これは国債というより、芸術品だからです」

皇帝グッズの中でも特に人気なのが、国債のデザインをあしらったもので、芸術的にも大変優れているると評判の本物の国債は、ネットなどで高値で取引されているという。額面千円で買った東京の人々は、それを売った資金でずいぶん生活が楽になったのだと四斗辺は話した。

「賭けてもいい。償還をなんて言いだす奴は、一人も出やしませんよ」

そう言って胸を叩いた四斗辺は、宮様がデザインしたと明かせばもっと高値になるんですがね、とにやりと笑った。その手から受け取った国債を、青年は半ば呆けたように見つめた。

芸術品。

僕の描いたものが、僕の背景も地位も関係なしに、評価されている！

「この中にいったい何羽のカラスが潜んでいるのか、巷じゃ話題らしいですよ。あと、三本足のカラスがいることも」

「三本足のカラス？」

怪訝な顔つきの青年を、四斗辺は意外そうに見た。

「描かれたんじゃなかったんですか？　八咫烏《やたがらす》を」

八咫烏。そう言えば、ご進講で聞いたことがある。

「道に迷われたあなたのご先祖様を導いたと言われるカラスですよ」

そうだ。初代天皇である神武天皇が山中で迷った時、案内のために遣わされたのが八咫烏だ。古事記についてのご進講だった気がする。やたらと咳払いの多い教授にうんざりし、大半を聞き流していたが、それが三本足だったのか。でも僕は、三本足のカラスなど描いていない。

青年は国債を食い入るように見た。細かなデザインに潜ませたカラスを、一羽、二羽と探していく。

「八咫烏の咫《あた》は長さの単位で、一咫はたしか十八センチでしょう。八咫となるとこれくらいか」

四斗辺は両手を目一杯広げた。

「こんなにデカいカラスがいるなら、会ってみたいもんですなあ」

本当だ。一羽だけ、三本足のカラスがいる。

その三本足のうちの一本は他の足より短いから、印刷の際に線が入っただけかもしれない。でももしそうでないとしたら――。

「そう言えば、ご先祖様が迷子になられたのは熊野の山中ですから、和歌山ですなあ」

国債のデザインが描かれたスケッチを目を輝かせて見つめていた皇帝の姿が、青年の脳裏をよぎった。

「まあとにかく、新規国債の件は皇帝に聞いてみてください」

ギターの音が、どこからか聞こえてきた。上手とは言えない、どこか調子はずれのメロディーだ。

セッティング中の舞台に、ギターをかき鳴らしながら男が近づいてくる。

「これから音響チェックなのに、邪魔だなあ。近衛隊につまみ出すように言っておきましょう」

そう言って近衛隊の方へと向かいかけた四斗辺を、青年が止めた。男はジャンとギターを鳴らし、釘打ちにいそしむ人々に呼びかけた。

「弱き者はいるかい？　歌を届けに来たぜ！」

そう言うなり、男は叫ぶように歌い始めた。

トレードマークの金髪は、根元がだいぶ黒くなっていた。漫画喫茶を辞めた後も、彼は東京を離れずにいたに違いない。懐かしいハスキーな声を聴きながら、青年は四斗辺に言った。

「明日のセットリストに、もう一曲加えてもいいですか？」

皇帝は、ロックを気に入るだろうか。

品がないと眉根を寄せるかもしれない。でもきっと、こう続ける。

「なかなか悪くない」と。


だが皇帝から、その言葉を聞くことはなかった。

皇帝が、姿を消した。

どことなく不安はあった。天皇家に生まれた人間として、節目というのは仰々しい面倒な行事がついて回るものだというネガティブな印象があったせいかもしれない。生け垣プロジェクトが完了し、国債が満期を迎え、節目となるであろう日に、何か起こるのではという予感はあった。だからあまり眠れずに朝を迎え、青年はいつもより二時間も早くアパートを出た。もうわざわざ駅まで行かずとも、営業を再開したコンビニで買えるのだが、以前と同じように遠回りをして駅に立ち寄り、東京新報を買った。いつも通りを心がければ、今日という日も何事もなく終わる気がしたのだ。

宮殿に着いたのは六時前だった。でも部屋に皇帝の姿はなかった。家具も献上品もすべて、昨夜宮殿を後にした時のままだが、皇帝だけがいない。ベッドに触れてみたが、ぬくもりは感じられなかった。窓は開け放たれ、窓辺にいつもの羽根飾りが落ちていた。まるでそこから、皇帝が飛び立ってしまったかのように。

他県との対立関係が解消したことで、活躍の場が減りつつあった近衛隊が久々の大仕事とばかりに発奮して皇帝を探し回ったけれど、コンサートの開始時刻になってもまだ見つからない。事態を知らぬ民が集う日比谷公園に皇帝がふらりと現れるかもしれないから私は会場に向かいます、宮様は宮殿の方をと四斗辺に言われ、青年は一人、いつもの小机に向かい、杖の音が聞こえてくるのを待っている。

だが、流しっぱなしにしているベートーヴェンの「英雄」に紛れて聞こえてきたのは、杖のない足音だった。

「あの男、逃げましたか」

関西中央新聞の赤尾だった。

「皇帝はいつだって、逃げたりなどしていません」

「すっかり信者ですね。いつか目が覚めるでしょうけど」

この男には皇帝のことなど分からない。分かるわけがない。

「気になる情報を摑みましてね。あなたならどう推理されるかと、それを伺いたくて」

「推理？」

「田中正の目撃証言が出ました」

「どこですか！」と言いながら、青年の体はもう戸口に向かっていた。皇帝の行方が摑めるかもしれない。

だが赤尾は首を振り「ずいぶん前の話です」と言った。

「だからこそ、あなたの推理を伺いたい」

「どういうことです？」

「その目撃証言は、六月二十二日。つまりあの就任宣言の日です。時刻は午後四時ごろ」

「推理も何も、四時なら、就任宣言はとっくに終わっていたじゃないですか」

あの頃はまだ宮殿住まいではなかったから、どこかで野宿でもしていたのかもしれない。

「日本時間では午後四時、という意味です」

「日本時間？」

赤尾は英字の地図を青年の前に広げた。

「目撃されたのは、オーストリアのウィーンです」

田中正が渡仏後に向かったとされる場所。そして、ナポレオン二世が人生のほぼ大半を過ごした場所でもある。

「証言は、郵便局員時代の元同僚のものです。田中正が失踪する以前に局員をやめ、靴職人を目指してドイツに渡った変わり種です。その彼が、今年に入ってオーストリアに移り住んだ。お祭しの通りウィーンです。そして朝食を取ろうと入ったカフェで、元同僚である田中正と入れ違いになった。その靴職人というのが情報に疎い男で、日本の一連の地震騒ぎについてはさすがに知っていたものの、エンペラーを名乗る男については全然だったらしく、親戚の葬儀のために日本に帰国した時にはじめて聞いて仰天したそうです」

その話が、嗅ぎまわっていた赤尾の耳にまで入ったということか。

「東京とウィーンの移動時間は約半日。正午に東京で就任宣言した奴が、午後四時にウィーンのカフェにいるわけがない。もちろん元同僚の証言の信憑性を疑いましたよ。だからすっ飛んでいって直接話を聞いた。私は疑り深い人間ですが、証言に穴はなかったし、靴職人は目立つ証言をして注意を引きたいタイプでもなかった。彼に皇帝の写真も見てもらいました。元同僚によく似ているけれど、他人の空似かもしれない、とにかく自分が言えるのは、その朝に出会ったのは元同僚の田中正で間違いないということだけだ、と。入れ違いになったというカフェにも行きました。そうしたら、ツケのためにに書いたというサインが残っていた」

これです、と言って赤尾はサインのコピーを差し出した。田中正、と漢字で書いてある。

「でもこれ、国債に書かれたサインとは明らかに異なるんですよ。しかもこちらの方が書き慣れた感じがしませんか？」

「だから何です？」

「リアクション薄いなあ！　意味、分かりますよね」と赤尾は大仰に両手を広げた。「だったらあの皇帝を名乗る男はいったい誰なんだ、という話ですよ！」

青年は笑った。

「そんなの、分かり切っているじゃありませんか」

「彼は何者だと？」

「彼は、皇帝です」

窓の外で、カラスが鳴いた。

昨夜も、鳴いていた。

コンサート会場の準備を終えて宮殿に戻ると、皇帝は窓辺にいた。カラスタイムに入っていたようだったが、青年が帰ると振り返り、まんじゅうが入った箱を差し出した。

窓辺でものを食べたのは、生まれて初めてだった。柴田が見たら、間違いなく眉を顰めるだろう。でもこれまで食べた何よりも美味しかった。どんなに高級なものも、伝統あるものも、皇帝の隣で食す商店街のまんじゅうには勝てやしない。

国債の件や、翌日のコンサートのことなど、報告すべきことは色々とあったけれど、言葉を発するのが何だかもったいなくて、黙っていた。

しばらくして、銀杏が、と皇帝が言った。

「色を変えておる」

日比谷公園の銀杏は、まだ緑だった。ここの銀杏は早いのだろうかと目を凝らしたが、宮殿周辺の街灯整備は皇帝の要望で後回しになっていて、葉の色までは見えなかった。

「悪くない」と皇帝は言った。「なかなか悪くない」

それが、青年が聞いた、皇帝の最後の言葉だった。

レコードは少しの沈黙を経て、第二楽章に入った。葬送行進曲だ。物悲しいバイオリンの調べに合わせ、青年はゆっくりと窓辺に向かった。赤尾は負け惜しみのように鼻を鳴らし、「俺はしつこいんでね」と言った。

「彼は皇帝だ、なんて片付け方はできない。あの男が何者なのか、追い続けますよ。ウィーンの男もね。ツケにしているなら、また店に来るはずだ」

カラスがさかんに鳴いている。しつこいカラスは長生きだと、前に皇帝は言っていた。

「それで、あなたはどうなさるんです？　十八歳の誕生日はもうすぐだ」

赤尾が矛先を青年へと向けた直後、かすかなエンジン音が聞こえた。一台の車が、宮殿に向かって走ってくる。紅色の皇太子旗こそ見当たらないものの、日差しを受けてまばゆいばかりに光る黒い車体の見事な磨き上げられ方が、迎えの車であることを示していた。宮殿の前に滑らかに停車し、助手席のドアが開く。降り立った柴田は、相変わらず髪も服もきっちりと整っている。窓辺に立つ青年に体を向けると、見惚れるような姿勢で首を垂れた。

「皇太子の反乱はここまでといったところですかね」

窓を覗き込んだ赤尾が、せせら笑うように言った。

「それとも、西ではなく東のエンペラーを引き継ぎますか？」

柴田がこちらに歩いてくる。僕の東京での日々が終わろうとしている。一歩、また一歩と近づく柴田の正確な足の運びは、来るべき時を知らせようとする時計の秒針を思わせた。それはいったい何の時を知らせるものだろうと思いながら柴田を見つめる青年の視界に、宮殿近くの銀杏の樹が入り込んだ。

青年は、目を瞠った。

銀杏の葉は、まだ色づいていない。緑のままだ。

――銀杏が、色を変えておる。

皇帝の目に、色を変えたと映ったものが何だったのか、青年はようやく気づいた。

僕だ。僕が、変わったのだ。

なかなか悪くない、という昨夜の皇帝の言葉が脳裏に蘇り、視界がぼやけた。泣くまいと、空を見上げる。雲ひとつない空を、黒い影が横切っていった。

青年は振り返った。その凛とした瞳に、皮肉を続けようとした赤尾は思わず黙り込んだ。

「僕がどうするか。それはあなた自身がこれから、見届けてください。僕や弟の戦いは、まだ始まったばかりですから」

連綿と続くものを変えるのは、容易いことではない。でも僕にできることがあるはずだ。

まだまだ未熟だけれど、これからの僕はきっと強い。

エンペラーと民がどうあるべきかという、何よりも大事なことを、僕は皇帝から学べたのだから。

葬送行進曲が終わろうとしている。でもそれは、第二楽章の終わりに過ぎない。

「ある英雄の思い出のために」と題された曲は、まだ続いていく。

参考文献

『ナポレオン四代　二人のフランス皇帝と悲運の後継者たち』野村啓介　中公新書
『京都御所　大宮・仙洞御所』京都新聞出版センター
『皇室事典　制度と歴史』皇室事典編集委員会編著　角川ソフィア文庫
『皇室事典　文化と生活』皇室事典編集委員会編著　角川ソフィア文庫
『秩父宮　昭和天皇弟宮の生涯』保阪正康　中公文庫
『天皇陛下の全仕事』山本雅人　講談社現代新書
『知られざる宮中行事と伝統文化が一目でわかる図説　天皇家のしきたり案内』「皇室の20世紀」編集部編　小学館
『皇室番　黒革の手帖』大木賢一　宝島社新書
『陛下、お味はいかがでしょう。「天皇の料理番」の絵日記』工藤極　徳間書店
『一般敬語と皇室敬語がわかる本』中澤伸弘　錦正社
『浩宮さま　強く、たくましくとお育てした十年の記録』浜尾実　PHP研究所
『天皇家の執事　侍従長の十年半』渡邉允　文春文庫
『昭和天皇　最後の侍従日記』小林忍＋共同通信取材班　文春新書
『宮中取材余話　皇室の風』岩井克己　講談社
『番記者が見た新天皇の素顔』井上茂男　中公新書ラクレ
『知られざる皇室　伝統行事から宮内庁の仕事まで』久能靖　河出書房新社
『新天皇　若き日の肖像』根岸豊明　新潮文庫
『陛下、今日は何を話しましょう』アンドルー・B・アークリー　すばる舎
『アメリカ皇帝になった男の話』佐山和夫　潮出版社
『カラスの教科書』松原始　講談社文庫
『カラスの補習授業』松原始　雷鳥社
『江戸が東京になった日　明治二年の東京遷都』佐々木克　講談社選書メチエ
ナショナルジオグラフィック日本版ウェブニュース　二〇一八年十二月五日、二〇一九年六月十日

さよなら、エンペラー

暖《だん》あやこ

発行　2020年７月15日

発行者　佐藤隆信
発行所　株式会社新潮社
〒162-8711　東京都新宿区矢来町71
電話　03(3266)5411(編集部)　03(3266)5111(読者係)
https://www.shinchosha.co.jp
印刷所　株式会社三秀舎
製本所　株式会社大進堂

ISBN978-4-10-350853-3　C0093

14歳のバベル　暖あやこ

金曜日、バベルの塔は崩壊する――古代王国の再臨かテロ幻想か。14歳の中学生が夢うつつに言葉を交した少年王の囁き。カウントダウンの中で展開するファンタジー。

サンセット・パーク　ポール・オースター　柴田元幸訳

大不況下のブルックリンで廃屋に不法居住する四人の男女。それぞれの苦悩を抱えつつ、不確かな未来へと歩み出す若者たちのリアルを描く、愛と葛藤と再生の群像劇。

占《うら》　木内昇

あの人の気持ちが知りたい――納得のいく答えを求め、次々と占い師を訪ね歩く女の行き着く先は？　占いを通して女たちの迷いと希望を鮮やかに描く七つの名短篇。

君がいないと小説は書けない　白石一文

圧倒的な人生哲学と幸福論。神に魅入られた作家が辿り着いた究極の高みにして鬼才の叡智、ここに結集す。小説史をくつがえす、直木賞作家の自伝的小説、堂々刊行。

箱とキツネと、パイナップル　村木美涼

引っ越した先は、一見普通のアパート。だけど、大家の回覧板メールに、個性あふれる住人、怪現象も続き――更にキツネのたたりの噂まで。一体どうなってるの⁉

迷子のままで　天童荒太

津波で失われたはずのノート。行方不明だった少年からの伝言。そこからは強いメッセージが発信されていた。僕たちは迷子のままではいられないんだ――。心に沁みる再生の歌二編。